獸不易做

That's not easy to be moe animal.

1 純情飼養

來自地球的少女，穿越後身體成為了異世的小馥，多了一對耳朵和一條尾巴，而且無法說話。
加萊將手足無措的她帶回了家。雖被當作寵物，但她還是對加萊產生了依賴。
米凡

伊凡夫・布里奇

加萊的好友，喜歡養寵物卻被稱為寵物殺手。他喜歡米凡，卻只能接受她寵物的身分。

布林

一名貴族小姐飼養的雄性小馥，個性呆悶，喜歡同類的米凡。

加萊・克蘭克

克蘭克族的嫡子，性格淡漠沉穩。對於飼養寵物不是很有經驗。
他向來習慣一人獨處，有了米凡後，卻再也放不開這隻乖順的小寵物了。

Index

That's not easy to be moe animal. No.01

第一章 媽媽！我被外星人擄了！

That's not easy to be moe animal.

米凡有意識時，她發現自己正以蜷曲的姿勢縮在一個狹小的空間中。很黑，她摸了摸四周，禁錮著她的好像是個鐵籠，網眼極細，只能伸進兩根手指，所以沒辦法挑開罩著籠子的黑布。

米凡試著回想她是如何跑到這裡的，但想起的最後一幕只是她和往常一樣在床上閉上了眼睡覺。

也許是在她睡覺的時候發生了什麼？米凡心中不安起來，她只是個普通得不能再普通的人，為什麼會有這麼奇怪的事情發生在她身上？

米凡在籠子裡上下摸摸，確定自己除了保持蜷縮的姿勢外，根本連動都動不了，她很難受的蹬蹬腿，卻踢到了一塊鐵板。

外面有些奇怪的聲音，嘰嘰咕咕的，米凡猜不出是什麼，罩在鐵籠外的黑布留有一塊縫隙，她試圖向外看，但只看見一道白光。

身體無法伸展的感覺讓她越發焦躁，「有人嗎？」她喊道。

「咪？」

嬌柔的一聲叫聲傳入耳中，米凡不可置信的捂住自己的嘴，剛剛那聲音是她發出的？怎麼會……她顫巍巍的又喊了一聲。

「咪！」

米凡一抖，驚得臉色蒼白：媽媽，我不會說人話了！

震驚之餘，她在全身上下摸索，越摸越覺得疑惑，這確實是她的身體沒錯，可是她的嗓子怎麼了？哪怕變啞了也不可能發出動物的叫聲吶！

莫非她被神秘實驗室改造了身體？

才不可能，這種電影上的情節才不會發生在她身上呢！米凡抽著嘴角如此安慰自己。

在不遠處有時會響起奇怪的嘰咕聲，卻又很快消失，恢復一片深海般的沉寂。米凡在這安靜中不知度過了多久，她也曾扯開嗓子以最大的聲音喊叫，試圖引起外面的注意，可她嗓子都啞了也沒有人來理她。最後她捂著乾痛的嗓子，委委屈屈不出聲了。

她好餓。

也許是半日，也許過了好幾天。當米凡餓得渾身輕飄飄的時候，籠子忽然劇烈搖晃了起來，一陣巨響，米凡抱著頭隨著籠子重重的砸在地上，翻滾了好幾圈，顛得她頭昏眼花，半天才從暈眩中恢復。手肘磕到籠子大概腫了，腳趾也扭到了，要是平時米凡肯定疼得不敢動，可現在她來不及理會，因為她發現——籠子被砸開了！

掀開黑布，她激動的鑽出了籠子。

外面是一片銀灰。除了天空是如玻璃一樣的藍色，地面上則鋪滿了銀灰色。光滑如同瓷磚的地面上遍布著樓房一樣的建築，可說是建築也不像，米凡活了二十年也沒見過沒有門、沒有窗的樓房，它們光滑得簡直連一絲裂縫都沒有，或高或低，連綿到遠處。

米凡維持著趴在地上的姿勢呆住了。當她轉過頭後，小聲叫了一聲。

飛船？！

她似乎就是從這一艘白色的飛船上掉出來的。

米凡緩緩站起身。這艘墜落的飛船看起來完全符合地球上對不明飛行物常見的描述，難道她被外星人擄了嗎！

米凡緊緊攥著拳頭不知道該不該上前，這時一個東西突然從飛船中掉落在地上，一團黑色！米凡嚇得跳起來，什麼東西！

「@#$%&……」

那東西趴在地上，喃喃的說了些什麼，米凡完全沒有聽懂。人形的它裹著黑色外衣，圓圓的臉上卻覆滿了一層藍色液體，一雙血紅的眼死死盯著她。

米凡脊背像是附上了一層冰，凍得她一動也不敢動。良久，像是被針扎到一樣，她跳起來跑離了飛船。

無頭蒼蠅般亂跑了好一會兒，落入眼中的依舊是高低起伏的銀灰色建築，因為地面太滑，她還摔了好幾跤。米凡都不知道她是不是在慌亂中跑回原地了。意識到這樣亂跑下去會累死自己，她終於停了下來。

所以說，她被外星人帶到別的星球上了吧？她抬頭，一個圓圓的星體掛在半空，在一片剔透藍色中散發著幽幽的亮光。

腿又瘦又軟，她一屁股坐在了地上，下一秒她皺起了眉，屁股下有什麼，毛茸茸還軟軟的。

米凡伸手抓住，扯到眼前一看，臉色大變：咦咦咦尾巴！是她的尾巴！

這時她才發現自己是光著身子的！沒錯，不著一物，該死的外星人連條內褲都沒留給她！

接受了被劫持↓沒辦法說話↓被外星人擄到異星球等一連串的打擊後，長出一條尾巴什麼的已經不能讓她吃驚了。米凡很快淡定下來，重新檢查一遍身體，好在除了多出一條尾巴以及頭頂上毛茸茸的耳朵外，身體沒有別的變化，還是人形。

米凡撥弄著自己的尾巴，坐在滑溜溜、冰涼涼的地上，開始發愁。

現在該怎麼辦呢？她跑了這麼久，竟然連一個生物的影子都沒見著，難道這是座死城嗎？驚嚇之餘又跑了好遠，米凡早就體力透支了，胃空落落的絞在一塊，好像在表示它對食物的迫切需求。

米凡在一秒之內就決定了目標——她要找到食物。

一天之後，她靠在一幢建築底下半死不活。

早知道就不從飛船那裡跑開了，說不定飛船裡能找到食物。她本想回去，但悲慘的找不到方向，在這一片銀灰色的建築森林中，半點標識都沒有。

胃餓得發痛，米凡抿了抿乾枯起皮的嘴唇，想起了媽媽。睡覺前她才剛和媽媽在購物網站上看中了一款母女裝，都付了款了，可惜她是穿不了了；她電腦裡藏著好多H漫，媽媽不會趁她不在家時偷開她電腦吧？啊，還有她下午買了排骨呢，打算第二天燉排骨吃的，現在都過了好多天了吧，肯定也吃不上了……

米凡抽抽鼻子，她想哭，可是身體已經沒辦法提供水分讓她掉眼淚了。

加萊很久沒有走在街道上了。自從交通系統移入地下和空中後，地面上的景色便年復一年單調著，要不是今天地下交通能量系統出了問題，公共飛船被擠爆，這個城市也沒有相熟的朋友來接他，萬般無奈之下，他才會選擇地面上的街道。

「請左拐，離您的目的地還有342卡羅。」

他打開了智慧地圖，藍色地圖在他左上方隨著他的步伐穩定移動著，閃爍的紅色線條在地圖上指出了路線。

加萊低著頭，懶懶的半垂著眼。銀白色的長髮梳到了腦後，但因為他低頭的姿勢，兩側的頭髮便遮住了他的雙頰，只露出高挺的鼻梁，和微微捲曲、長得讓人嫉恨的白色睫毛。

他懶得抬頭是因為他知道這裡是不會出現人的，可是智慧地圖卻發出了提示聲，打斷了他的思緒。

「在您的左前方2.1卡羅處有低等生命體出現。」

低等生命體？怎麼會跑到這裡？

加萊挑了下眉，抬起了頭。一隻小小的生物蜷曲在一幢建築下，黑色毛髮充滿光澤，柔順的披在牠光裸的身上，四肢纖細，皮膚白嫩，體貌乍一看與元族人有幾分相似，但牠頭頂毛茸茸的一對耳朵和長長的尾巴，都揭示了牠低等生物的身分。

他見過好幾次這種類人形的寵物，似乎比較稀有，都是被貴族養在家中的。

加萊雙手插在大衣中，漫不經心卻步步踏實的朝這小生物的方向走去。

一道陰影投在身上，米凡抬起頭，黑色皮靴從她面前走了過去。她呆愣愣的，一時沒有反應過來。

一雙皮靴，黑色皮革，擦得光潔無塵，長至膝下，貼合著腿部線條，很好的展現那雙小腿有力而流暢的形態。鞋跟與地面碰撞，一聲聲冷硬的鑽入米凡耳中，又逐漸遠去變小。

人！是人！那是個人！

她打了一個哆嗦，急忙站了起來，因為飢餓和長時間沒動，腿軟得差點坐了回去。她扶著牆狼狽的走了兩步，踉踉蹌蹌向那個黑色的高大背影追了上去。

——救救我，我好餓好渴，請救救我！

她想呼救，從喉嚨發出的聲音卻是一聲聲弱小的叫聲。她急得想哭出來，真怕他以為身後跟著的只是一隻小野貓而已。那人的步子很大，她搖搖晃晃小跑著還是能追上去的，可是她看著他的背影卻生怕他下一秒會消失。

當她看到他回頭時，乾涸許久的眼眶真的溼潤了。

銀灰色的眼眸中閃過一絲驚異，加萊低頭看著癱坐在他腳下還緊緊抱著他小腿的小東西。小東西瘦削的肩胛骨一聳一聳的，還衝他發出可憐兮兮的微弱的叫聲。

真是的，他有多久沒見過這麼弱小的生物了？看毛髮和皮膚的光澤，應該是家養的寵物，不知道是怎麼偷跑出來的。

加萊思索了一會兒，把小東西提溜起來夾在腋下，一百九十公分的身高讓他夾著小東西就像夾著公事包一樣輕鬆。加萊在智慧地圖上點了兩下，重新邁開步伐。

被這個白色頭髮的高大男人提起來的時候，米凡著實嚇了一跳，她覺得救人的話不說來個公主抱，怎麼說也得揹在背上才算是比較正常的啊，把她夾著走……感覺好奇怪。

她掙扎了兩下，說：「請放下我，我還是自己走吧。」

不過出口的還是咪咪的軟糯叫聲。米凡頓時心一涼。她明白了，這男人一定沒把她當作人類看……也是，她這樣子也不像人類了。

——哎？也不對，這裡不是外星球嗎？應該沒有人類存在的啊！所以這個男人是外星人吧！哇啊媽媽我碰到外星人了！

——不不不，重點錯了！

隨著男人的步伐，規律的晃蕩著身體的米凡搖了搖腦袋，現在面臨的嚴峻問題是，這個外星人把她當作什麼了？稀奇物種？或者是……可口的食物？

該不會要把她帶回家煮了吃吧？！

心驚膽戰的米凡還沒想好，就忽然察覺男人停了下來。

她艱難的仰起脖子，正好看見他把手按在了一個與別處絲毫沒有區別的銀灰色建築上。他的手底下泛起了紅色的光芒，在他的手移開之後，那塊地方便有規律的明暗交替閃著。

這是幹嘛？猜測這也許是進入建築的方法，米凡等著那光滑的表面上憑空裂開出現一扇門，可是那男人竟然直接朝牆面走了過去。

米凡吃驚的瞪大眼，臉上一涼，眼前就已經是另一番景象了。

極為寬敞的冷色調房間，奇葩的是近乎兩百平方公尺的面積卻沒有一面牆壁；可以稱它為「一間」房間的，只有透明的泛著漣漪、像是水又像塑膠似的薄薄的一層材質，從地面向上伸出兩公尺分隔空間。

終於到了。

加萊環顧了一下四周，把胳膊下的小東西放在地上，在房間中轉了一圈，伊凡夫為他安排的這個住處簡單普通得不像他的風格，不過加萊倒不是很在乎這個。他略看了看，就坐下來手掌朝上攤平，掌心上方遂出現一個發出藍色螢光的螢幕。

先向部門發送了一個報告，然後和伊凡夫聯繫一下，加萊才將注意力放在他帶回來的小東西上。

牠就蹲在他放下牠的那個位置上，半點沒動，正瞪著圓溜溜的眼睛四處張望，神態警戒，下蹲的身體也呈現出一種防禦的姿態。

看起來倒是挺機靈的。加萊點點頭，他被調到這個城市一個人住，養隻寵物倒是個不錯的主意。

確定這裡連扇窗戶都沒有，想逃出去應該不是那麼容易的事，米凡反而冷靜了一點，然後就注意到那男人的目光。

「&%@$＊。」他說。

啥？

他朝她勾了勾手指，米凡遲疑了一會兒，朝他邁出一步，然後又停下來，看了看他的臉。

他沒什麼表情，平靜的看著她，說：「&%。」

米凡心中有些怯怯的，又猜不出他的意思，但還是走到了他跟前。

一雙大手忽然握在了她的腋下、將她抱了起來，米凡的視線隨著他站起身而升高，她心裡一個咯登，是要把她帶到廚房裡剝皮了嗎嚶嚶……

但不一會兒又被放回地上，米凡腿一軟，直接坐在地上，然後男人高大的身影就完全籠罩了她。

只見他在牆上不知道按了什麼，四面流動的透明牆同時上升，形成了一個封閉的空間，將她禁錮在其中。米凡頓時大驚失色，拿拳頭敲打著四周的透明牆，那牆卻堅硬得發出砰砰的悶聲。她驚恐的望著站在牆外微皺眉頭看著她的男人，他似乎有些不悅。

「為什麼要關我？」

她發出的咪咪叫聲被頭頂「嘰」的一聲蓋住了，米凡一個激靈，立刻抬起頭。她上方的牆面正伸出一塊玻璃板，平緩的在她頭頂伸展開來。

米凡帶著未知的恐懼看著那塊玻璃板停了下來，然後，嗤啦——

她被溫熱的水淋了一臉。

哎哎?米凡揉了揉眼睛，然後試著睜開眼，從上面噴下來的確實是水。她又看向外面，但是那個外星人已經不在了。

圖盧卡星球論壇，寵物版——

【剛升職不開心】發布主題帖：剛剛在地面上撿了隻小動物，看起來很虛弱，求飼餵指導。

1L　15:55　6/10/2015

發布人【世上最直】：哇唔真是好運氣，好運到詭異了吧，竟然能在地面上撿到生物？那裡十天半個月的都見不到人影，完全不適合動物生存好嗎？

2L　15:55　6/10/2015

發布人【死魚眼】：大哥你傻了嗎？圖盧卡現在哪裡有野生生物了？LZ（注：樓主）撿到的肯定是寵物，就不知道是怎麼跑出來的了。

3L　15:56　6/10/2015

發布人【翻白眼】：昨天博索萊伊區不是掉了艘飛船嗎？

4L　15:56　6/10/2015

發布人【ott】：我聽說了我聽說了！我家附近的酒館老闆說是被攻擊的！哦，對了，那艘飛船上好像有一家寵物店的貨。咦，這麼說，樓主你撿的動物的來歷清楚了！

5L　15:56　6/10/2015

發布人【翻白眼】：我怎麼覺得歪樓了。話說樓主你都不說你撿到的是什麼，我們怎麼給建議？

加萊盯著5L的回覆看了五秒，手指在懸著的藍色螢幕上彈鋼琴似的點了幾下，輸入一行回覆。

6L 16:02 6/10/2015

發布人【剛升職不開心】：我不知道是什麼物種。

7L 16:03 6/10/2015

發布人【翻白眼】：汗，樓主你真夠蠢萌的。好吧，那你拍張照片給我看看。

加萊手掌一握，將內置網路收起，站起來向浴室走去。算算已經十五分鐘了，應該洗好了吧？

水滴凝結在透明壁上，在水霧蒸騰的四方空間中，那個小傢伙軟塌塌趴在地上，溼漉漉的黑色長髮鋪了一地。

加萊一驚，冷淡的銀灰色眸子也劃過了一道異色。他忙撤下透明牆，手指放在小傢伙的鼻下。還有呼吸。他鬆了口氣，翻出一條浴巾，將牠裹住，然後抱著牠放在了沙發上。呆站了一會兒，他又幫牠把頭髮弄乾。想了想沒什麼需要做的了，他便拍了牠的照片傳到論壇上，順便詢問牠為什麼會在洗澡的時候暈倒。

米凡已經餓了很久很久了，在溫度和溼度都不斷上升的浴室裡待了沒幾分鐘，她就已經感到一陣陣的眩暈和虛軟。她想呼喊讓那人放她出去，只是那牆的隔音功能大概很好，她又叫不大聲。她也不知道是怎麼徹底昏過去的，只記得最後的念頭是，希望自己別死了之後才被發現。

當意識回來時，米凡緊閉著眼不肯睜開，在心中默唸著回家回家回家。鼻端傳進來一股香味，她使勁抽了抽鼻子，然後心臟也跟著抽了抽。

是媽媽熬的桂圓紅棗粥的味道！

米凡猛地彈坐起來，帶著哭腔叫道：「咪！」

——咪？

米凡嘴還張著，臉已經僵了。面前是救她回來的白色頭髮的外星人，他手裡端著個方方正正的碗，淡定的瞅著她。

——原來沒回地球啊……

嘆了口氣，接著米凡的注意力被他碗裡傳出來的香味吸引住了。

看到小東西往碗中瞅，加萊滿意的微微點了點頭，舀出一勺白白的液體遞到牠嘴邊。

好香……米凡嚥了口口水，沒怎麼猶豫，就伸頭把整個湯匙含進了嘴裡。

看來這個論壇還是比較可靠的，牠果然喜歡喝粑粑汁。加萊暗暗決定以後再有問題的話可以直接上這個論壇請教，並且將剛才他們給出來的幾條建議記在了心裡。

餵完了一碗粑粑汁，加萊無視牠渴求的目光把碗勺放了回去，決定為牠取個名字。

房間裡有一個書架，那上面擺著有千年歷史的古老的紙質書籍，平常是沒人看的，只是作為古董放置在上面。加萊的指尖從一排褪色的書脊上滑過，抽出了一本小說。

「%#&?」

「*@$?」

米凡迷茫的看著他一會兒看書，一會兒衝她說一句什麼。而她完全不理解，只愣愣看他耐心的蹦出一個個單詞，她沒反應的話，他就低頭翻翻書，換一個唸出來。

他是在幹什麼呢?米凡費解的看著他認真的臉，不過她倒是能感覺出他並沒有惡意。心態一放鬆，米凡的眼便往他手中捧著的書頁上掃了過去。

是方塊字呢!

米凡頓時有了興趣，挪了挪屁股小心蹭上前，一不小心，和他的視線對上了。

總是顯得無情又空茫的銀灰色眼眸像冰塊一樣，眨也不眨的盯著她。她一開始沉迷在那稀少的顏色中，直到他同樣是銀白色的睫毛眨了一下，她才猛地回神。

——太大意了!怎麼就沒了警戒心了?

她聳著肩往後縮了縮，緊張的注意著他的反應。

他微微側了一下頭，把書放在了她膝邊。

——嗯?是給我看的嗎?

米凡疑惑的看了看他，見他眼神平靜，她便低頭，翻了翻那本書。書的紙質很好，書頁厚實有質感，而上面的文字雖然都是方塊字，不過每一個字她都不認識。

指尖在書頁上慢慢劃過，她在一個字上停了下來。這個字……看起來滿像「囧」字的嘿！

「唔？喜歡這個嗎？」加萊皺了下眉，「可是米飯這個名字不太好聽，你確定？」

咦？米凡瞪著眼，無辜的看著他。

「……算了。」他嘆了口氣，「既然你喜歡，那以後米飯就是你的名字了。」

到現在為止，米凡仍不知道發生了什麼，他從她手裡把書抽走，然後就不再理她了。她趴在沙發上，不敢出聲，也不敢一直看他，趴著趴著，就睡著了。

***　***　***

米凡醒過來時，也許是第二天了，不過房間裡的光線一直保持著同一種柔和的明亮，她也不知道到底是什麼時間。那個白髮外星人正坐在沙發的另一端，一臉嚴肅的看著面前的瑩藍色面板。看樣子好像一直坐在她旁邊。

用同一個姿勢睡的時間太長，胳膊都被壓麻了，米凡動了動身體，然後愕然發現自己的屁股上放著一隻鹹豬手！

——這！

米凡僵硬著脖子一點一點的把頭轉向他。

加萊感覺到手下有了動靜，看向旁邊睡了足足八、九個小時的小東西，牠正把眼睛瞪得溜圓望著他。他總覺得牠眼睛裡有很豐富的情緒。加萊定定的與牠對視，然後靈光一閃。

知道了，牠該進食了！

餵了牠一碗粑粑汁，加萊覺得牠的食欲好像不大好，正好要帶牠去打預防針，順便問問獸醫吧。見牠吃完了，加萊看了看時間，站起身喚道：「米飯，過來。」

那隻剛剛還放在她屁股上的手此時正伸向她，示意她到他跟前。米凡不情願的磨蹭了半晌，也知道不能違抗，還是走了過去。

結果他放手在她肩上，輕輕一扯，米凡一直緊緊裹在身上的浴巾就被他扔在了地上。

渾身一涼，米凡頓時變得赤身裸體，臉正對著他的胸膛，雙手還保持著攏在胸前揪浴巾的姿勢，目瞪口呆。

第二章 寵物也需要衣服穿！

That's not easy to be moe animal.

米凡腦中一片空白，渾身微微顫抖著，在他碰到她身體時，米凡尖叫一聲，一爪子揮了上去。

啊！手腕忽然傳來一陣劇痛，米凡雙眼一黑，差點沒跌在地上。

「嘖。」他不耐煩的嘖了一聲，箝著米凡的手腕，把米凡緊緊按在懷裡。

裸露的皮膚緊貼在光滑冰冷的衣料上，他同樣冰涼的手壓著她的背，米凡又驚又怕，劇烈的掙扎起來。

鬧什麼呢？怎麼突然不乖起來了。

加萊輕易的制止住牠，把牠往裡拖，從內嵌在牆內的抽屜中拿出一條黑色的粗線，將牠的手捆了起來。豈料牠掙扎得更劇烈了起來，甚至張嘴往他的手上咬了下去。

「安靜！」他斥道。不過顯然沒有一點效果，牠驚恐的尖叫著，還踢著腿。

他倒是能用一根手指頭就能制服牠，但是他不知道怎麼才能讓牠安靜下來。加萊被牠叫得耳朵都疼了，屈服得後退了幾步。

這傢伙眼睛裡都淚汪汪的了，見他退後，蜷縮起身子，開始用牙咬手腕上的繩子。

加萊頓時感到無力，他覺得牠簡直像個小神經病似的，突然就開始發瘋。他又調出了內置網路，登上圖盧卡星球論壇，準備發帖問問到底有沒有人知道這究竟是怎麼回事。

他還沒輸幾個字，耳邊傳來了細小的啜泣聲。加萊回頭，發現牠已經放棄咬繩子了，開始縮成一團專心致志的抽泣。

加萊停下，心情複雜的看著這個小東西。說起來，他還是第一次知道原來低等生物也是會哭的，而且哭得鼻頭都紅了。除了身高和體型的區別，牠的五官和他們元族人很是相似，但比他們的更柔和些；牠哭起來的時候，獨特的黑眼睛就像被水霧籠罩著一般，格外的無辜嬌怯，那樣子看得加萊都開始反思自己是不是做了什麼很過分的事情。

反覆回憶了兩、三遍，他確定自己確實沒做什麼，這時牠也已經止住了哭泣，使勁的抽著鼻子。

「米飯。」他喊著牠的名字，向牠靠近一步。結果牠立刻停下一切動作，警戒的看著他。

加萊停頓了一會兒，面無表情的轉身，飛速的發了一則名為「新養的寵物情緒不穩，還很怕我，怎麼辦？」的新帖。

米凡一邊抽鼻子一邊盯著加萊，他一臉嚴肅的看著那個藍色面板，一眼都沒朝她看過來。

米凡微微的放鬆了一下神經，她剛才真是差點嚇死了！她還以為遇到了變態色情狂，他抓住她的時候，她腦子裡瞬間閃過了無數的新聞標題——《E地一男子與野豬交媾被刺死》、《D國廢除獸交禁止法》、《某男子因強姦母雞被起訴》……諸如此類。

她和他壓根不是同一個物種，他不能這麼變態！

還好什麼事都沒發生，她哭的時候他只是在一旁看著，並沒有惱怒或者欲求不滿（？）的表情，可能是她會錯意了也說不定。

米凡又使勁的抽了一下鼻子，把快流出來的鼻涕吸了回去，然後視線移到了十公尺開外仍在地上的浴巾。

其實昨天見到他的時候她就是裸著身的，只不過當時她餓得差點嗝屁，見到人影時便激動得啥都不記得了。今天是他穿得衣冠楚楚的，又一聲招呼都不打就把她身上的浴巾扯掉，她完全沒心理準備好嗎！

話說他到底想幹什麼啊？為什麼扯掉她的浴巾？不想讓她穿衣服嗎！

從某種意義上來說，米凡真相了。在加萊的意識中，她只是一隻家養寵物而已，還需要和他一樣穿衣服嗎？所以他完全不理解她的抓狂。

但是！米凡是個有羞恥心的、正常的地球少女！而且絕不屈從於暴力！

趁著加萊不注意，她吧嗒吧嗒跑到浴巾那邊。由於雙手還被綁著，所以她的動作格外笨拙，試了好幾次，浴巾都從她的肩頭滑到了地上。

屢試屢敗、屢敗屢試，米凡有點惱火，她想罵「擦」，於是就「咪」的叫了一聲。

喵了個咪的！米凡蹲身再次試著把浴巾撿起來。這次浴巾騰空而起，準確的蓋在了她的頭頂。

咦？米凡蹲在地上，驚訝抬頭。

加萊正用古怪的目光看著她。

「迷戀浴巾？是種病嗎？」加萊低聲喃喃著，他終於明白小寵物是因為浴巾才衝他發狂的，但這又是什麼毛病？難道牠這個物種都是這樣的嗎？

從未養過寵物的加萊決定補一補相關知識。

【名稱】：小馥。

【分類】：類人科。

【體長】：1–1.5若拉。

【形態】：黑色毛髮，皮膚略黃，四肢細長，有長尾，耳朵長在頭頂，聽力靈敏。

【生活習性】：小馥為雜食性，只食用極易消化的熟食，無攻擊性，性格溫順。小馥可散發體味，清淡的香味是吸引女性飼養的主要原因，但須注意小馥易生病，飼餵前需注射多種疫苗。每年雨季發情。

將百科細細的看了一遍，並沒有指出小馥有迷戀浴巾的習性。難道牠不是小馥嗎？可是論壇上很確定的說米飯是純種小馥，而且看百科上的照片明明就是。

還是帶去給獸醫檢查一遍吧。加萊心想。

準備用浴巾抱著牠出門的時候，聯繫器忽然在耳內響了起來，他在耳垂上碰了碰，伊凡夫歡快的聲音就傳入耳中。

「喂喂，加萊？你在哪兒呢？不是昨天就到了嗎？老大想見你了，一時刻後來部門報到吧。哎？加萊你在嗎？」

不知道為什麼，一聽到他永遠精神奕奕的說話聲，加萊就忍不住嘆一口氣。

「聽到了，我這就去。」

「快點啊！我這裡有個好東西你快過來看，我跟你說啊我可是——」

「嗶。」

加萊毫不留情的掐斷了通訊，對他剩下的廢話毫無興趣。

看來，今天是沒辦法帶米飯去看獸醫了。看了看緊抓著浴巾的小寵物，加萊用冷冰冰的口氣警告道：「乖乖在家，不許搗亂！」

牠驚恐的瞪圓了眼睛，加萊又覺得自己似乎太凶了些，也不管牠根本聽不懂，再補充道：「晚上帶罐頭給你吃。」

出門前，加萊把綁著米凡的繩子解開了。他一離開，米凡就立刻跳了起來。

有他在的時候她連動都不敢動，這下可沒顧忌了。

她在房間裡轉了好幾圈，東翻翻西翻翻，最終挫敗的承認她根本玩不轉，就像古代人穿越到現代以後絕對不會玩電腦一樣，她想讓浴室噴出水都做不到。

米凡迷茫的坐在了地上，尾巴無意識緩緩擺動著。

接下來她要怎麼做？

她的身體發生了變化，五感也跟著靈敏了起來。身體的本能告訴她這個外星人的等級遠遠高於她，當他在身邊的時候，會有一股壓力傾壓過來，讓她不由得緊繃神經，防止他一指頭碾死她。

不過，雖說如此，可他把她帶到這裡之後，給洗澡、給睡覺、給食物，現在連浴巾也給了，不像是要傷害她的樣子。

嗯，也許是想好好把她養肥了再燉來吃——從一開始，米凡總覺得外星人會把她當食物。

思來想去，米凡發現自己手無縛雞之力，憑藉自己永遠分不清小麥和水稻的智商，似乎也不可能找到回地球的方法。

米凡沮喪的捂住臉。

所以，作為一個廢柴，為了活下去，最現實可行的方法就是好好的討好那個外星人了吧？說不定他一開心，就不吃她了呢……QAQ

＊＊＊　＊＊＊　＊＊＊

上司是個極品。

去了部門報到之後的加萊在心中下了這個定論。

吉奧韋森作為政府最重要的軍政部門的老大，不知被多少雙眼睛盯著，竟然在見新下屬的第一天就邀請他晚上去夜店看脫衣舞。

伊凡夫還非常興奮的慫恿他。

但加萊想像了一下那裡混亂嘈雜的環境，心頭一陣厭惡，擺著一張冰塊臉拒絕了。

現在伊凡夫大概和吉奧韋森勾肩搭背的去夜店了吧。加萊順道買了幾罐小馥專食的罐頭和自己吃的外賣，徑直回家。

加萊從來不覺得自己是個善心氾濫的人，把米飯撿回家只是當時心念一動，可是現在知道回家後家中有個活物，倒是意外的讓人覺得踏實。

加萊將手按在外牆的驗證區上，透過基因分析後，他跨過虛化的牆壁，邁入房中。

「咪～」

加萊頓時一愣。米飯就站在他面前，顯然一直等在那裡。牠殷勤的搖著長長的尾巴，眼睛閃爍著晶亮的光芒。

「咪～」牠衝他叫著。

對上牠亮晶晶的眼睛，加萊一時竟有些不習慣，他遲疑了一下，將手放在牠頭頂，揉了揉。

牠好像又被嚇到了，縮了縮脖子。加萊便收了手，把提著的東西放下，環顧了一圈，家中東西絲毫未亂，看來牠真的很乖。

加萊很滿意，拿出罐頭，看向呆呆站在原地的米飯。

他手按在頭頂留下的踏實觸感還存留著，米凡被他這突如其來的動作搞得心裡一亂，這是什麼意思啊？正常的情況下，這種動作應當是表示一種親密的感情吧？她可以認為這是他傳達的善意嗎？

可、可他是外星人啊，肢體語言什麼的和地球人不一樣的吧？

她糾結的望著加萊，他站在光滑的金屬桌子邊，用兩根手指就把密封得嚴嚴實實的罐頭破開了，倒進一個碟子中，然後端著放在了她腳邊。

哎？

他半蹲在她腳邊，她一抬臉，眼睛就正好能和他平視。米凡的表情充分表現出了她的疑惑。

這是？

她叫了一聲，看看他擺在她腳邊的碟子，再看看他。

「吃。」他簡單的說。

米凡依舊不解，站著不動，結果他從碟子裡捏了一塊棕色的葵花籽大小的東西，抵在了她嘴唇上。米凡揣度著他的意思，猶豫的張開了嘴，他用指尖往她嘴裡一塞，米凡就嚐到了一點甜夾雜著鹹的糧食味。

是吃的，他叫她吃的。

米凡也蹲下來，撚起一塊放進嘴裡，嚼了嚼，硬硬的。她抬頭看看他，他點了下頭，表示她理解對了。

看來這確實是給她吃的了。可米凡總覺得不大對勁，她一邊盤腿坐在地上，一邊一塊一塊的往嘴裡放，仔細思索了一番，忽然頓悟。

昨天他餵粥給她吃的時候明明有湯匙的，而今天這一碟食物都是塊狀物，說實話，有點像狗糧，她如果要吃的話，必須用手兜起來，不然只能把臉趴到碟子裡舔著吃了。她想像了一下，覺得那樣子真的很像條狗。

她可以要根湯匙嗎？

米凡含著手指頭往加萊那邊看去，他正坐在桌邊吃他的食物，並沒有注意到她。

上去跟他要根湯匙？米凡心裡有些怯，還是不敢。

如果抛掉他是外星人這個根深蒂固盤亙在她思維中的這個認識，以不帶偏見的眼光去看他的話，其實他是很符合大部分地球女性的審美觀，雙眼狹長犀利有神，鼻梁高挺，脣形精緻，眸色淺淡，是種冷峻的英俊。但是當他認真做什麼的時候——比如現在，認真吃飯的時候，他半垂著眼，嘴角微微往下耷拉，看起來……有點凶。

米凡看了沒一會兒，就打消了過去的想法。

算了吧，她到現在都還搞不清狀況，還是別招惹他了，萬一不知道哪兒惹到他，下場一定很淒慘！她腦補了徒手拔掉腦袋、穿過肚皮扯腸子等等鮮血四濺的場景，打了一個寒顫。

默默的嘆了口氣，她雙手捧了一把狗糧，不是，捧了把不知道是什麼、雖說味道可以接受但是有點硬的食物，有點委屈的低頭舔了吃了。

加萊吃完，將桌面收拾乾淨以後，才想起米飯，轉頭一看，碟子已經空了。

還挺能吃的嘛，那罐頭上寫著是兩餐的分量，他嫌麻煩全倒出來了，結果牠竟然全吃完了。

他過去將碟子收起，牠自他走過去的時候就眼巴巴望著他，他拍了拍牠頭頂，說：「沒關係，再多吃點我也養得起你。」

「咪咪咪！」

「乖。」

——等等，你別走啊，給點水喝啊！

餓了一回以後看到吃的就想全部解決的米凡，硬把一整碟都吃完了，胃脹得不行的同時，她更想喝水了！那玩意兒太乾了！

但是他顯然沒理會她的意思，把碟子收走就往其他地方走去。

她可憐兮兮的追尋著他的身影，直到他走到了昨天她洗澡的地方，她一下子明白他要幹什麼了，便立刻調轉頭。她才不想長針眼呢，萬一看到藏在他衣服底下的觸手啊、長鱗片的小雞雞啊（？），她晚上一定會做噩夢的！

雖然米凡是這麼想的，但她的眼睛還是不受控制的往那邊瞟了一眼，然後作賊似的飛快轉回來。

咦？她眨了眨眼睛，反應過來。跟她那天洗澡時不一樣啊，一眼望去，往上伸展圍攏成一個空間的玻璃是不透明的，看不見浴室裡面。

所以說，為什麼讓她洗澡的時候玻璃是透明的！

她憤憤完了，耳朵抖了抖，隱約聽到從浴室傳出來細微的嘩嘩流水聲，她覺得更渴了。撈過來自己的尾巴，手無意識的揪著，米凡視線散漫的環視著房間，忽然頭頂的毛耳朵一立，雙眼閃亮起來——那邊放著一杯水！

她立刻跳了起來，又小心的瞅了瞅浴室那邊，水流聲仍繼續著。她一邊盯著那個方向，一邊倒退到放著水杯的低檯。

摸到水杯，她又不敢多喝，害怕會被他發現，喝下三分之一停下了。

放水杯的檯子有一公尺高，是白色的，沒有其他顏色，只放了一個杯子。米凡把杯子拿下來以後，才看到檯面上有個杯口大小的藍色圓紋。米凡把杯子放回了原處，正好蓋住了那個圓紋。

正要溜回原處時，米凡不經意一掃，眼睛立刻瞪大了。

哎哎，杯子裡的水是滿的？

她不相信的拿下來喝了一半再放回去，不出意外的，杯中的水瞬間變滿了。

真是高科技！

不過米凡一點也不感興趣，她就是高興不怕偷喝水被發現了。米凡痛痛快快的喝了三、四杯，覺得過癮了，她才踮著腳尖找了個牆角跑過去蹲著。

吃飽喝足，睡意便立刻湧了上來，米凡打了一個哈欠，覺得還是等他出來比較好。

不過，他是不是有潔癖啊？怎麼洗這麼長時間？米凡等來等去，微弱的嘩嘩水聲一直響著，她的目光漸漸變得發散，眼皮慢慢耷拉了下來。

加萊洗完後，略擦了一下，下身圍著一條浴巾便出來了。一出來他便一百八十度掃視了一遍，結果竟然沒看到那個小東西。加萊微微肅容，大步往前走，還特意往桌子底下找了找。

牠不可能出去的，但見不到影子總覺得不安心，加萊找了一圈，結果一轉身，在一個小角落裡看到了牠。

加萊鬆了口氣，快步走上前，才細細的看了牠一會兒。

竟然睡著了。

牠抱著自己的膝蓋，頭倚著牆，黑色細長的尾巴軟軟的擱在地上，尾尖正好環住牠的腳腕。

怎麼可憐兮兮的樣子，躲到這麼偏的角落裡睡覺……

加萊心中有些好笑，沒有多想，就把牠抱了起來。

軟軟小小的軀體一入懷，一股比茉莉清淡些又比蓮花清甜些的香味便像藤蔓般纏繞了過來，這味道讓剛剛洗過澡的加萊覺得精神鬆弛，心情也平靜下來，像一面如鏡的湖泊。

果然是小馥，名符其實。

加萊也不知道自己是怎麼想的，竟然把牠抱到了自己的床上。牠睡得很沉，一直到他把牠放下來都沒有醒。小小的身體放在床上，也不比兩個枕頭大太多。而且牠的身體一碰到床鋪，就立刻蜷成了一團，尾巴也跟著縮到了兩腿間。加萊看得有趣，便原諒了自己把寵物放上床的行為。

再說，牠散發的氣味能幫人入睡。

加萊扯下浴巾，從一旁的衣架上拿下一件睡袍披上身，繫了一個鬆散馬虎的結，頭髮還溼答答的滴著水，就上了床。

米飯躺在不遠處，安靜得像不存在一樣。加萊閉著眼躺了一會兒，牠細微的呼吸聲就在耳邊，卻像暗夜潛入房中的風一樣抓不到。加萊不知道這為什麼會讓他睡不著，他翻了個身，又翻了個身，然後坐起來，一手托著牠的背，一手放在牠的腿窩處，把牠挪到了自己的身邊。

他將牠平放在床上，結果牠自己翻過來側躺著，正好面對著他。加萊躺下來，滿意了。牠蜷著身，膝蓋碰到了他的腿，細細的手指也碰到了他的胳膊，只是很輕的觸碰，溫度仍然傳到加萊身上。

夜晚，寂靜無聲的房中，這點溫度是唯一的陪伴。

加萊莫名安了心，嗅著縈繞在鼻尖的香味，聽著規律的微弱呼吸聲，很快沉入了睡眠。

半夜的時候，米凡迷迷糊糊半睡半醒，感覺小腹脹脹的，想上廁所，可睡意太濃，她睜不開眼睛。意識仍不清楚，她閉著眼睛，脹脹的感覺更明顯了，想睡也睡不著了，米凡不情願的動了動手指尖，想打開床頭櫃上的檯燈，然後去廁所。

還沒行動，她就聞到了一股濃烈的香氣……濃烈得過於逼人了。

「&%&。」

一道清朗的男聲突然在近處響起，米凡如同被雷劈中一樣猛地清醒過來。

一瞬間她不僅想起了她不是睡在自己的房間裡，甚至不在地球，她還想起來，這道男聲壓根不是收留她的那個外星人的聲音。

誰！她驀地睜開眼睛。

一個高大的影子壓在她頭頂，陌生的男人朝她傾下身，附在她臉頰旁深深吸了口氣。

「好香。」男人說著她聽不懂的話。

第三章　漫長混亂的一夜

That's not easy
to be
moe animal.

陌生男人的氣息就噴在米凡的脖間，她當機立斷爆發出了一陣足夠刺破耳膜的尖叫聲。

沒叫多久，一隻手捂住了她的嘴，在她耳邊噓了一聲。然後聽到啪啪兩聲拍手聲，房間亮了起來，米凡有些困難的轉頭，近距離的看到了他的臉。

他面色平靜，坐在她身邊，直視著床邊陌生的男人。

他冷靜的樣子讓米凡也放鬆了下來，繼而便想到：哎？她為什麼和他睡在一起了？

米凡頓時臉色一變，太危險了啊，她才不要和外星人睡在一起！她可是嬌弱的地球人，萬一被傳染了什麼奇怪的病毒怎麼辦？

在她杞人憂天的時候，旁邊的兩個外星人已經交談了起來，米凡將注意力放在半夜闖進來的陌生人身上時，頓時臉色一僵。

她半張著嘴呆呆的看了他一會兒，又僵硬著脖子轉向身邊的人，他竟然仍保持著淡然的表情。

闖進來的那人在米凡看來其實長得很不錯，白金色的短髮乾淨俐落，湛藍的眼睛明亮有神，脣角天生的往上微翹著，總是一副笑笑的模樣。

是陽光少年的類型。

——可是頭頂著一件粉紅色蕾絲邊的三角內褲是鬧哪樣啊！

只見他一副興高采烈的樣子說著話，時不時朝米凡比劃一下，頭頂的小內褲時不時隨著他的搖晃抖一下，米凡不知道他是不是故意把女式內褲放在頭上，他的臉上還帶著個大紅色的脣印。

忽然他像一頭機靈的小豹一樣湊到了米凡面前，雙眼閃亮的說了一句話。米凡還懵懵懂懂的不知道怎麼回事，一直挨著她坐在床上的男人立刻抬高了音調、有點凶的喊了一句。

米凡：「？」

「哎呦，加萊你別那麼小氣嘛，就讓我養兩天，我養夠了就還給你。」

「不行！伊凡夫，你從三歲的時候開始養寵物，以平均每年死一隻的頻率一直養了八十年，連生命力最強的鹿目目在你手底下都沒活成！」

加萊精準的戳中伊凡夫的傷心處，他的臉以神奇的速度瞬間垮了下去，但他仍弱弱掙扎道：「就讓我養兩天沒問題的，我眼饞小馥好久了。」

加萊斷然拒絕。

伊凡夫頭頂的粉紅內褲跟著他傷心的抖了抖，他說：「你太讓我傷心了加萊！你一說要來博索萊伊區，我就忙上忙下的幫你準備，房子什麼的也都替你找好了，我對你這麼好，你卻連個低等生物都捨不得給我！」

指責完了，他開始悲情道：「我孤身一人來博索萊伊區，連個能說話的人都沒有，每天拚死拚活幹完了一天的工作，拖著疲憊的身軀回到家，迎接我的卻是漆黑冷清的屋子，你了解我渴求陪伴的心情嗎？你不覺得你應該為挽救陷入孤單深淵的朋友出一份力嗎！」

加萊頗為鄙夷的瞅了一眼搭在他閃著白金色光芒的頭髮上的內褲，說道：「孤單？下班前拉我去夜店時候，你不是說你每晚都去的嗎？」

「正是因為孤單才到那裡尋求紓解的。」伊凡夫義正辭嚴道。

加萊嘲諷的冷哼了一聲。

伊凡夫唉聲嘆氣的把米凡摟在懷裡，下巴放在她頭頂蹭蹭，「我最喜歡小馥了嘛，香香軟軟的，但我母親說小馥是女孩子的寵物，堅決不讓我養，現在竟然讓你實現了我的願望。」

忽然間，他兩眼一亮，兩手插在米凡腋下把她舉到與自己平視的高度，興奮道：「小東西，不如我也做你的主人，和加萊一起養你好不好？」

米凡想：哈？不管你說什麼，請先把我放下來好嗎？

加萊一把將米凡奪回來、把她放在自己的兩腿間，懶懶道：「我說，你大半夜的跑到我這裡到底想幹什麼？要是沒事的話就趕緊滾，明天我要帶米飯去看獸醫。」

「哦哦，看獸醫嗎？我也去！那我今晚就不回去了，我們一起睡吧，我也想抱著小馥睡！」伊凡當即便開始脫衣服。

米凡目瞪口呆的看那藍眼睛少年兩三下就脫得只剩內褲，嗯，包括他頭上的那件，然後他歡快的撲上了床。

此時米凡正坐在加萊兩腿間，他的雙臂圍著她的腰，相當於將她圈在了他懷裡，對於從沒和男性有過親密接觸的米凡來說，兩人的這個姿勢實在有些超出她接受的程度。而擅自蹦上床的灑脫少年，裸著上身以及一雙光溜溜的大長腿，半躺在旁邊，雙眼熠熠的盯著她。

米凡不由得暗自緊了緊揪著浴巾的手。

媽媽啊，她怎麼覺得這個場景有點破廉恥呢？

兩人不知道說了什麼，藍眼睛少年委屈的嘰咕了些什麼，埋在枕頭裡不說話了。而男人連連冷哼了幾聲，抱著她躺在了另一邊。

房間裡安靜了下來。米凡小腹脹脹的感覺又上來了，她苦著臉按了按，人有三急啊，總不能一直憋著。就算今晚忍一忍過去了，難道以後為了不上廁所就不喝水吃飯了不成？

這可怎麼辦？

她抱著得過且過的心態想先過了今晚再說。可越是這樣，就越是睡不著，尿急的感覺越來越明顯，她使勁夾著腿，簡直欲哭無淚。

不、不行了嚶……再憋下去不是膀胱爆炸就是會尿床，但是這兩個選項她都不想選。

「對不起，那個，請問，我能上廁所嗎？」

加萊已經睡著了，但是還沒有睡沉，就被耳畔咪咪的叫聲喚醒了，胳膊還被輕輕的抓撓著。他睜開眼，懷中的小寵物正睜著一雙黑溜溜的眼睛認真看著他。

「怎麼了？」他低聲問。

「咪喵！」

「嗯？」他撓了撓她的耳朵根，說：「別鬧，睡覺。」

米凡沒料到自己的耳朵這麼敏感，被他輕輕一撓，她就渾身打了一個哆嗦，差、差點尿出來！

她忙捂住耳朵不讓他碰，帶著哭腔自語道：「外星人為什麼不學普通話！說什麼學好普通話，走遍天下都不怕，語文老師你騙人！」

加萊被她不停的叫聲弄得僅有的睡意都消散了，他索性坐了起來，見伊凡夫死豬一樣小聲的打著呼嚕，便拍著他的臉把他叫醒了。

「唔……天亮了？」伊凡夫迷迷糊糊的坐了起來，調出安置在手腕的內置網路一看，叫道：「才睡了一時刻，你喊我幹嘛啊！」

「你看看米飯怎麼了。」加萊把米凡抱到伊凡夫跟前，讓他看她憋得通紅的臉。

「哇，紅紅的。」伊凡夫把手指按在她臉上。

「上廁所上廁所上廁所……」米凡忍得雙眼渙散，嘴裡低低的無限循環喊著。

「牠說什麼呢？」伊凡夫好奇道。

加萊頭疼扶額，他就不該指望他！只好冷聲說：「如果我知道就不會問你了。」

他皺著眉重新把她抱下床，翻出罐頭，打開，放在她眼前。

米凡瞥了眼，夜宵嗎？晚上吃完的還沒消化呢。她把罐頭往外推了推。

不是餓了？那加萊就沒轍了。

米凡縮在地上，已經撓著地開始像哭一樣的叫著了。

他被叫得有些慌了，不會是生病了吧？這個念頭一升起，加萊一下子嚴肅起來，小馥是種很嬌貴的寵物，他是知道的，說不定小小的一場病就能要了牠們的命。

看米飯這個樣子，已經很嚴重了。加萊撈過大衣披到身上，轉身將米凡抱了起來，要帶她出門看醫生。

一被抱起來，米凡當即暗叫了聲不好。他個子高大，怎麼抱她都很輕鬆，偏偏這次挑的方法是讓她坐在他的臂彎裡，可她又沒調整好姿勢，於是雙腿是分開著的。這對一個極力憋著尿意的人簡直是最後一擊，一陣熱流湧過，下腹的壓力沒有了，可屁股下變得溼答答的。

米凡羞憤欲死的捂住了臉。

蒼天啊！讓她隨風而去了吧！

加萊一臉愕然，抱著僵硬的米飯愣了好久。

伊凡夫好奇的湊過來問道：「你不出去啦？」

加萊慢慢的將米凡放了下來，他的袖子濕透了，一滴一滴的滴著水。他臉扭曲了好幾回，終於固定到一個吃了屎卻說不出的表情上。

伊凡夫也愣了，轉臉看看米飯，正有不明液體順著牠的小腿流下來。

「哇哈哈哈～」伊凡夫爆發出一陣大笑，「牠尿你身上了啊哇哈哈～」

米凡雖然聽不懂他們說的話，可笑聲傳達的感情卻是一樣的。毫無疑問，他是在嘲笑她，這讓米凡更想去死了，她真的控制不了啊！雖然她從三歲開始就沒尿過床了！

不知道他有沒有生氣……米凡捂著臉，從指縫裡偷偷看了加萊一眼。

他什麼表情都沒有，目光沒有焦距，有種被打擊過頭的感覺。米凡覺得更害怕了，她往後縮了縮，試圖降低存在感，可是一退，雙腿間的潮濕感就讓她動都不敢動了。

欲哭無淚。

伊凡夫還在哈哈哈，他很少見加萊出糗的，難得碰見一次，一定要好好嘲笑他。

「你——」他剛開口，加萊一個拳頭就往他的臉上招呼過去。

他一甩頭，瞬間撤到三步外。

加萊一拳沒打中也不追上，脫了大衣扔到地上，他一邊扯掉睡衣、一邊往浴室走去，「再笑就打斷你門牙。」

伊凡夫朝他做了一個奇醜的鬼臉：「放心吧，我會好好記住今晚的。」

兩個人暫時都沒理米凡，米凡覺得這樣正好！最好把她扔出這個房間，別讓她想起剛剛的一切！

米凡沮喪的站著，一直站到腿間的水跡都快乾了，加萊才渾身水氣的走了過來。

隨著他的靠近，米凡的神經一點一點的慢慢緊繃。

加萊走到了她身邊。

米凡把呼吸放得極輕。她會挨打嗎？是她的錯無誤，可是希望他別太生氣，她不確定能承受他的怒火……

米凡沉沉的垂著腦袋等待命運的審判。

一隻手放在了她的脖子後，一股雖大但溫厚的力道推著她往前。

米凡順從的順著這股力道走了幾步，然後忽然，她纏在身上的浴巾被抽走了！心尖一揪，她立刻抱住了胸，赤裸全身讓她全無安全感，她瑟縮著恐慌的看向加萊。

他想怎麼懲罰她？

但她剛轉過頭，就被他推了一把，她踉蹌著往前衝，地面太滑，她沒收住腳，頭狠狠的撞到了玻璃牆上。

米凡冷抽了口氣，扶著牆勉強站穩，半天眼前亂閃的星星都沒消失。腦袋一定撞出個大包了。米凡吸了吸鼻子，嘴角忍不住往下撇。

加萊確實有點生氣，只是有一點而已，他不會和一隻什麼都不懂的寵物計較。但他從來都是愛乾淨的，一想到那股熱熱的水流淌到手臂上的感覺，他就渾身不自在，推米飯時的手勁沒受控制，就大了些。米飯撞到了頭，他反而驚了一下。

看牠半天沒動，加萊心疑是不是撞得太厲害，遲疑了一下，走進浴室。他剛剛洗過，浴室裡面還潮著，牠靠著玻璃牆，一直低著頭不動，加萊把牠的臉扳向自己，仔細打量。

輕輕拂開瀏海，牠的額頭紅了一片，看來確實是撞得不輕。牠耷拉著眼皮，耳朵毫無生氣的垂著，一副半死不活的樣子。

加萊嘆了口氣，摸了摸牠的腦袋，「好了，很晚了，趕緊洗洗，然後睡覺。」

雖然聽不懂他的話，但他的動作和說話時溫和的口氣，極大的安撫了米凡的心。她抖了抖耳朵，試探的望向他的眼睛。

他平靜的與她直視。

雖然只是目光交流，但兩人都奇妙的感受到了對方的情緒，米凡覺得壓在心頭的一塊大石在他的目光中消融了。

她拘謹的環抱著自己，等加萊離開，才好好的替自己洗了個澡。

折騰了老半天，終於解決了問題。伊凡夫抱著洗完澡出來的米凡大喊好香好軟，然後被加萊搶了回來。

終於重新上床，加萊和伊凡夫很快便入睡了，但是米凡依然沒能睡著。她還沒從失禁的羞恥情緒中完全擺脫，最重要的是，被兩個有著人類、而且是上等帥哥容貌的雄性夾在中間，任哪個少女都睡不好吧！

兩個人身上都還散發著食物鏈頂端生物的壓迫性氣息，加上米凡總想著這兩個不曉得是哪個旮旯星系上的外星人，心情十分複雜。但到底是折騰累了，最後她還是慢慢睡了過去。

＊＊＊　＊＊＊　＊＊＊

第二天呼吸不暢、憋醒過來的時候，米凡發現懷抱著她的換了一個人。

昨晚的少年睡得正香，頭埋在她脖子前，雙手摟著她，兩腿還搭在她身上——超級重！怪不得她覺得呼吸不上來！

米凡被他抱洋娃娃般的姿勢弄得極不舒服，而少年幾乎全裸的身體和她之間只隔著一層薄薄的浴巾，她都能感覺到他看起來頎長的大腿上意外結實的肌肉。米凡不自在的動了動，微調了一下姿勢，結果就看到了上方一雙銀灰色的眼睛。

加萊是被伊凡夫一腳踢醒的，等他坐起來一看，那傢伙還在睡得不知天昏地暗，可踢他的那一腳竟然非常有力。被弄醒的加萊本就不爽，等看到自己的寵物被他搶走抱著了，那股不爽就更強烈了。就好像本來不喜歡吃的一顆糖，被後排討厭的同學搶走後，那顆糖也會讓人念念不忘起來。

更何況，加萊本就對米飯挺用心的。

他低頭去看幾乎被伊凡夫塞進身體裡的米飯，牠的臉只露出來一半，眉頭微微皺著，睡不沉穩的樣子。即使是跟比他矮一顆頭的伊凡夫相比，牠蜷縮在他懷裡也顯得小小的，那纖弱的四肢被伊凡夫壓著，讓加萊都有點憂心牠會不會傷到。

加萊見牠輕哼了兩聲，然後睜開了眼，牠直瞪著前方，好像還沒完全醒過來一樣，接著牠就擰了下眉頭，扭了扭身，正好和他的視線交接。

加萊淡定的和牠對視著，心中好奇牠會有什麼樣的反應。結果牠眨了眨眼睛，艱難的從伊凡夫的胳膊下抽出手，朝他伸了過來。

加萊立刻大悅，一手抓住牠小小的手，同時把伊凡夫掀到了床底下。

「哇唔！好痛！」伊凡夫捂著腦袋從床底下探出頭，朝加萊扔眼刀，「幹嘛啊你！」

加萊順著米飯的頭髮，暗含得意的俯視他。

看吧，他的寵物可聰明著呢，記得是誰救了牠、還給牠東西吃，也知道該親近誰。

米凡在自己不知情的情況下愉悅了加萊，她當時只是想從壓制下爬起來而已。她茫然的看兩人，一個激烈、一個冷靜的拌了幾句嘴，然後才把衣服穿上。

米凡覺得自己的心理負擔終於減輕了一點，雖然那少年脫了衣服也沒有觸手，但她仍然會壓力很大啊！

米凡的早飯仍是一碟子硬巴巴的餅乾，她蹲在地上捧著碟子，已經吃得順手了。

由於加萊認定了米凡的胃口很大，所以給她的還是一整罐小馥專用糧。米凡吃得撐撐的，好不容易全都吃乾淨了，加萊兩個人早已經用完了飯，坐在一旁無所事事的看她舔掉最後幾顆。

米凡最後打了一個嗝，覺得口渴了。那兩人嘰哩咕嚕說了些什麼，米凡一點都不關心，她眼巴巴的瞅著昨晚喝到水的那個小檯子。

在他們眼皮子底下，她敢不敢去喝？

米凡反問著自己——很明顯她不敢。她蹲在地上，做了一個吞嚥的動作……唔，嗓子好乾。

一雙手從背後抱起了她，她從氣味上嗅出是誰，便沒管，反正她也掙扎不得、選擇不得。身子懸在半空，她還轉著頭堅持望向那個放水的小檯子，滿腦袋都是：我要喝水喝水喝水！

伊凡夫去找項圈了，加萊抱著米飯，覺得牠有點太安靜了，走了兩步，他發現牠的小腦袋一直扭向某個方向，眼睛也一眨不眨的看著那裡。

加萊順著牠的視線往那邊一看，那個方向就只有一個供水器。他疑惑了兩秒，把牠高高舉起來，往左移移、往右挪挪，牠的腦袋就跟定位了似的，一直朝向那邊。

……難道……牠想喝水了？

加萊不確定的猜測著，抱著牠向供水器走了兩步，結果牠眼睛一亮，還仰起臉看了看他。

加萊不由得挑了挑眉毛。難道牠真想喝水，還知道從供水器那裡能喝到水？

他把杯子拿下來，遞到牠嘴邊。牠看了他一眼，彷彿在等待他的肯定一樣，他情不自禁的點了一下頭，結果牠便湊到杯沿大口喝了起來。

還真是想喝水，然後用視線引起他的注意力！加萊在心底暗暗稱奇，他還沒教牠，就已經這麼聰明了！

餵完大半杯水，擔心會上廁所的米凡就把杯子推開，表示不喝了。

這時伊凡夫走了過來，「這裡沒備著項圈，我看米飯挺乖的，你直接抱著牠出去就好了。」

加萊點了點頭，彎腰就要抱起牠，伊凡夫連忙制止他，「喂，這個不拿下來？」

他指著米飯身上的浴巾。

由於披著這條浴巾睡了一晚上，浴巾已經變得皺巴巴的了，米飯裹得不是很嚴實，眼看露出了一大塊肩膀，伊凡夫的手就伸了過去，「又不冷，幹嘛替牠披浴巾？」

米凡立刻警戒的抓緊了浴巾，還沒來得及叫出聲，加萊就啪的一聲打掉了伊凡夫的手，嚴肅的說：「不許碰，牠對浴巾有依戀症，不讓別人拿開的。」

「哈？」伊凡夫表示震驚，「小馥還會得這種病？我從來都沒聽說過，假的吧！」

加萊不予置評，他對上次米飯的激烈反應記憶猶新。

可伊凡夫想了想，興高采烈道：「我想看看浴巾依戀症是個什麼病，把浴巾拿下來看看牠的反應吧！」

說著，伊凡夫就撲了過來。

然後被加萊一腳踢開了。

「時間到了，再不出門就晚了。」加萊不耐煩道。

「好吧好吧。」伊凡夫舉手作投降狀，在加萊抱著米凡走過他之後，他小聲嘀咕說：「反正到了獸醫那也是要脫光了全身檢查的。」

「……對了，到時候就知道牠是雌獸還是雄獸了～」

第四章 醫院是童年起至今的噩夢

That's not easy to be moe animal.

加萊和伊凡夫來到房間中的一個牆角，屋中唯獨這裡呈現出鮮亮的藍綠色。兩人帶著米凡站定後，藍綠色的牆壁便開始有白色的光芒波浪狀般由上而下的滾動。

米凡坐在加萊的臂彎中，有點緊張的看著那光芒越滾越快，最後幾乎連成一片白幕。那速度快得讓米凡覺得臨近爆炸的邊緣。

眼睛被那光閃得眼花，米凡不由得將目光移到旁邊兩人的臉上，他們都一副淡然無奇的表情。

還沒等米凡就目前的情況分析出個所以然來，眼前白光忽然大盛，米凡不由得閉上了眼睛，再睜開眼，眼前的景象已經全變了。

瞬間轉移技術！好高級！

米凡回味了一下，一秒鐘不到就換了一個地方，她的身體卻一點不適也沒有。接下來她便將注意力挪到了四周。

第一眼她還以為自己到了商業街，或者更像火車站口，一個大大的廣場上，無數來來往往的人。這些人應該都是同一個種族的，和旁邊這兩人一樣，都是淺色的頭髮、膚色偏白、眼睛顏色多樣。女性的身高普遍低些，但也沒有低於一百八十公分的。

廣場的人雖多，卻並不嘈雜，大多數人都是行色匆匆，不斷有人憑空傳送過來後，就頭也不回的大步離開。

米凡在加萊懷中轉著頭到處張望，總覺得有哪裡不大對勁。當她抬起頭來時才吃驚的發現，頭頂上的並不是天空，而是泛著金屬光澤的銀色穹頂。

米凡微張嘴，仰著臉，目光從頭頂一直延伸向地平線。頭頂上的，竟然是人造的金屬天空！她從墜毀的飛船中摔出來那時，明明能看到天空的啊，雖然顏色奇怪了些，可是，與這金屬天空分明是不同的。

難道，他們瞬移到了異星球？

還是說……米凡做出了一個大膽的假設，難道這群外星人在地底下開闢了一個城市？！

米凡覺得沒法想像。

就在她被地下城的規模震驚時，加萊和伊凡夫已經離開了廣場，沿著一條寬闊看不到盡頭的街道向前走。

街道兩邊偶爾會有開著的店鋪，應該是店鋪，米凡在自穿越後第一次見著了門，不過這些建築還是沒有窗戶。米凡不知道他們要帶她去哪裡，也只能任他們將她帶去未知的地方。不過此刻米凡倒是不害怕了，也許是昨晚尿到他身上這麼過分的事都沒讓他生氣，讓她安心了不少吧。

走了一會兒，兩人忽然帶她拐進了一家店中，白底的招牌，乾淨的玻璃門，與別的店沒有區別。米凡這時不會料到，這裡會是她今後最討厭的地方之一。

他們推門進去，房間中意外的明亮，外間坐著兩個女人，她們懷中都抱著一個鵝黃色的毛茸茸的小團兒，聽到推門聲，都向他們看了過來。

她們的目光掃到米凡身上的時候，明顯都亮了起來。

「&%＊……！」其中一個穿著連衣裙的女人興奮的說了句什麼，抱著她的鵝黃團團走到了加萊面前，彎腰去看米凡。

「哇！」

女人的臉變得紅撲撲的，伸出一隻手捏了捏她的臉蛋，然後興奮的小聲叫起來。

米凡往加萊懷中縮了縮，臉被這女人捏得有點疼，她無措的看了她一眼，不知道她到底在興奮什麼。這時，女人懷中的鵝黃團團動了一下，竟然從茸茸的毛中伸出了短短的四肢，並且露出了一隻圓溜溜的棕色眼睛瞅著米凡。

可愛！

米凡耳朵一抖，咪的叫了一聲。

女人笑了一聲，把只有一隻眼睛的團團舉到了米凡面前。

團團短小的四肢在空中擺動了幾下。好萌啊，米凡臉蛋有點泛紅，很想捏一捏牠圓圓的、軟軟的身體。

就在她想伸出手輕輕碰一下的時候，一道冷淡的男聲插了進來，女人連忙應了一聲，便帶著鵝黃色的毛團轉身走了。

米凡順著聲音的來源看了過去，說話的是個穿著白色外袍的高大男人，他的頭髮和眼睛的顏色都和抱著她的這人一樣，但是面部輪廓更深些，顯得冷硬嚴峻。

這醫生服的裝扮……有點像地球上的醫生啊。

米凡這麼想著，就見女人跟著男人進了內間。看醫生也要帶著寵物呀，主寵倆的感情可真好。不過她為什麼要來這裡？她沒什麼毛病啊？

加萊在座位上坐下，將米飯放在了他的腿上；而伊凡夫已經竄到了剩下的那個女人身邊，熱情的開始搭訕了。加萊對他的這種行為很是不屑，抱著米飯一眼都不瞥他。

米凡是從小就害怕打針的，由此養成了一見醫生就害怕的毛病，長大以後仍是怕打針、怕醫生，只是表面上會裝得鎮定了，其實心底還是怯。

譬如此時，米凡就有點忐忑了。

加萊被伊凡夫嘰嘰喳喳的講話聲搞得很煩，有點後悔為什麼不在昨晚就把他趕出去。他低下頭，把米飯不住碰到他小腿的尾巴往上放了放。加萊注意到牠的眼睛一直注視著內間的門，牠的情緒大概有些不安，所以尾巴一直微微搖晃著。

終於，和伊凡夫交談的女人也被獸醫叫了進去。再等一會兒，獸醫推門出來，對加萊說：「帶著你的寵物進來吧。」

加萊站起身走過去，伊凡夫也興高采烈的急忙跟上。

「把牠放這兒。」獸醫指著房間中的一張桌臺。待加萊將米凡放上去之後，他從口袋中掏出了一副無框眼鏡戴上，隔著鏡片，用一種嚴厲的眼神注視著米凡。

「這是一個幼年期的小馥，從外貌上來看，應該是純種的。」他說著，伸手去扯牠身上皺巴巴的浴巾。

「醫生，牠不讓別人碰浴巾。」加萊制止道。

彷彿為了回應他的話，米凡咪的一聲，衝醫生齜了齜牙。

「不讓？」獸醫譴責中帶著嘲諷似的看了加萊一眼，「養寵物可不僅僅是萬事順著牠們的心意。作為主人，你應該學會讓牠們知道什麼是錯誤的，又有哪些事是不能做的。」

說著，獸醫就將浴巾扯了下來。米凡在檯子上蜷成一團，看著他的眼神中已經有了敵意。獸醫並不管她的情緒，抓著她的肩膀，很輕易的就將她提了起來。

米凡不知道他要做什麼，反正這男人冷嘲無情的樣子讓她升起了不好的感覺。她揮著胳膊，想讓男人放下她，但是他身子長、胳膊也長，米凡揮打了兩下，搆不到他，就自覺的停下了，無措的看向加萊。

他正微蹙眉望著她。米凡心裡一個咯登，不知道自己的抗拒是不是讓他不悅了。

米凡已經想破罐子破摔了，反正她和他們都不是同一個物種的，他們看到她的裸體大概就跟看到一隻猴子一樣，她也沒什麼不好意思的！

……好吧，雖是這麼自我安慰，她還是不自禁的將胳膊緊貼著身體。

米凡被醫生提在半空中，動作拘束。醫生冷厲的目光從她的小平胸滑到腰部，再到下身，目光盤旋良久，才將她放下來，對加萊說道：「發育得還可以，目測年齡已經三歲了，估計再一年，幼年期就能結束了。這段時間是小馥發育的重要時期，營養一定要跟上。」

加萊點了點頭。米飯在醫生的手中似乎有點害怕，那瑟縮的樣子讓他有點想將牠從醫生手裡抱回來。

醫生從桌子上抽出一雙手套，一邊戴上、一邊說：「我替牠做一個全身性檢查。」

米凡剛在桌臺上平緩了一下，那人就又把她提起來了！

米凡有些抓狂。他是醫生！地球的醫生從不把病人脫個精光還拎來拎去的！

他很快又把她放下來了，米凡剛咪了一聲表示鬆了口氣，一股滑膩的液體就從腳底湧上來，很快包裹住了她的腿，並且極快的往上上升。

這下米凡徹底慌亂了。黏稠膩滑的液體肯定不是水，皮膚在其中泡著就像不能呼吸了一樣，黏得難受。而且，她站著的橢圓形容器徹底閉合了，液體很快就會充滿容器了！

液體上升到她胸口的時候，米凡鎮定不了，開始使勁捶打容器的透明壁。加萊就在很近的距離外，隔著透明的容器壁望著她。

米凡不明白，她不能在水中呼吸，她會死的，而他為什麼眼看著她去死？！

「放我出……」米凡張嘴呼救，可那些液體湧進了她的嘴裡，她嗆了兩聲，吐出一串泡泡，睜開眼睛，容器中已經被液體填滿了。

一瞬間米凡心慌得簡直無法思考。但隔了一會兒，她停下了慌亂揮動的四肢，不再做無意義的掙扎。因為她發現雖然無法呼吸，可她並沒有缺氧的感覺，彷彿已經不需要呼吸了一樣。

液體的浮力很大，她的雙腳半懸著，她定了定神，才注意到伊凡夫那張少年的臉就貼在容器的透明壁上，一臉的擔心。

見牠看他，伊凡夫一下子高興起來，張嘴對牠說了些什麼，還拍了拍容器壁。

米凡越過他，看到另一張眉峰收攏、憂心不寧的臉。

液體是透明的，但因為黏稠的特質，光線照進來就扭曲了。米凡隔著緩慢流動的液體看著扭曲變動著的加萊的面容。

驚嚇過後平靜下來，緊接著湧上心頭的就是一股委屈。就不能商量著來嗎？非要粗暴的把她塞進容器裡。

掃到醫生專注看著容器邊的儀器的臉，米凡咬了咬牙，真想一巴掌打扁他的臉。

雖然可以呼吸，但液體無處不在的黏合著皮膚，髮絲漂蕩在臉的周圍，時不時擋住她的視線，米凡從心底覺得不舒服。她是不會游泳的。

醫生在儀器螢幕上點了兩下，終於捨得抬起頭輕飄飄的掃了她一眼。然後她頭頂有一道藍色的光穿過液體閃了三下，米凡聽見細微的一聲「嗡——」。

橢圓的容器從中間打開，米凡像落湯雞似的站在裡面，長髮緊貼在身軀上，顯得格外嬌小。空氣湧進肺中，她呼吸了幾口氣，然後用手擦了擦眼睛。

一條毛巾從天而降，蓋到了她頭上，米凡抓住毛巾，抬頭一看，是面無表情的醫生。米凡立刻從他臉上轉移了視線。

「醫生，結果怎麼樣？」伊凡夫等不及的問道。

醫生坐回了桌前，抽出一張紙往上面寫著字，「雌性，三歲兩個月，無疾病。」

加萊將米凡抱到了地上，用毛巾幫她擦著頭髮和身上的水，同時聽著醫生的話，問道：「那預防針呢？」

「當然要打。」他冷冷的回道，「已經三歲了才想起來把她帶過來打預防針，你倒是可以省了好幾種預防針了。也虧得那麼嬌弱的品種還能存活到現在。」

加萊拉著米凡的胳膊擦著的手一頓，抬起眼淡淡的說：「現在就可以打了吧？」

「帶她回去。」醫生把最上面的紙撕掉，塞給伊凡夫，不耐煩的說：「七天後再過來。」

＊＊＊　＊＊＊　＊＊＊

「怪人，都什麼時代了還用紙寫字。」從寵物診所中出來，伊凡夫把醫生給他的紙放在眼前打量著，「還是脾氣糟糕的怪人。」

加萊抱著無精打采的米飯，沒說話，心中卻是無比贊同。

「可憐的米飯，被嚇著了吧。」伊凡夫把紙往褲子口袋裡隨意一塞，跑過來拍米飯的腦袋。

加萊想起她泡在檢測液中嚇得雙手到處亂砸想逃出來的樣子，也覺得真是可憐，她大概被折騰壞了吧。

這麼想著，他便輕柔的碰了碰她軟軟的臉頰。

她抬起無神的眼睛，當看向他時，雙眼才恢復了一點神采。

「餓了沒?想不想吃東西?」他低頭問道。

她睜著眼睛看著他。

「等回去就讓妳吃。」說著，加萊便想加快速度去瞬間傳輸中心。

就在這時，伊凡夫叫了起來:「加萊，你看那邊!」

順著他的視線看過去，那招牌上的字立刻吸引了加萊的注意力——

嵐嵐寵物店。

懷中的米凡動了一下，察覺到了許多不同的氣息，有強大的，也有弱小的，很混亂的夾雜在一起，從路邊的那家店中沖到路上。

少年臉的那個藍眼睛傢伙，「加萊、加萊」的叫著，很是興奮的率先跑進了那家店中。

米凡猜測他叫的「加萊」就是抱著她的這個男人的名字。加萊，她在心底默唸了兩遍，接著突然眼前一亮。

這家店從外觀上和她剛出來的那家診所並沒太大的不同，但裡面可謂是截然不同。

好、好多動物!

米凡瞪大了眼睛張望著。這家店的店主一定是個女性，她將牆壁塗成了清新的天藍色，從天花板上掛下來好多絨毛玩具。米凡還看見了一隻圓圓的粉紅色的玩具，單隻大眼睛，從細密的絨毛中伸出來細小的四肢，和診所中那女人抱在懷裡的鵝黃色毛團團是一樣的。

米凡再仔細看，從天花板垂下來的玩具，幾乎全部能從店中各種動物上找到原形。真是各種稀奇古怪的外星生物啊。

藍色的光牆中有的關著單隻，有的關著一群，米凡看見了一隻頭頂長著獨角的黃色小鳥，還看見了一灘能流動的、軟塌塌的「黑泥」，和一條在半空中游動的銀色小魚。

店中混著嘰嘰喳喳嗚呼嗚呼哈哧哈哧的各種叫聲，吵鬧極了。

難道他們兩個想來買寵物嗎？米凡本來是這麼猜想的，但隨後她就被加萊抱到了櫃檯上。

「哎喲，好可愛的小馥！」

「老闆娘也很可愛啊！」伊凡夫看著走出來的窈窕美女，雙眼一亮，嘴就跟著咧開了。

穿著玫紅色連身緊身短裙的老闆娘壓根沒有搭理伊凡夫，徑直衝向米凡。

「哎呀，是難見的純種雌性呢！先生！賣不賣？」

加萊一愣，客氣道：「對不起，我不——」

「我知道了、我知道了！」老闆娘擺手，「要是我也不賣的，這品相的小馥可是想買都要靠運氣，我剛才就是習慣性一問，先生不要放在心裡。」

她戀戀不捨的摸了把米飯的尾巴，嘀咕一句：「好毛。」然後臉上聚滿笑意，衝加萊問道：「您有什麼需要的？」

其實加萊走進來之前，並沒有什麼打算，但這時看著店裡的商品，他覺得需要替米飯買的東西就全從腦海中浮現出來了。

米凡好奇的看加萊和老闆娘說了幾句話，然後老闆娘手腳麻利的從擺在牆邊的櫃子中拿下了好幾個瓶瓶盒盒。

「毛髮梳理清潔套組，我推薦你用這個，很好用的。然後這個是口腔清潔劑，餵食後掰開她的嘴噴一噴就好。這個呢，是沐浴用乳液，對寵物而言，怎麼洗澡尤其重要！先生，我跟您說啊！」老闆娘拉著米飯的胳膊讓加萊看，「您看，她這裡的皮膚刮一下就起白色痕跡，說明皮膚太乾，我猜您一定是用水替她沖乾淨就完了吧？」

加萊點了下頭。洗澡不就是用水洗嗎？

老闆娘瞬間嚴肅了表情，「小馥是種很嬌貴的寵物！不光在餵食上要小心，在護理上更要用心。以後您要每隔兩天幫她洗一次澡，不能不洗，但洗得太勤會傷害她的皮膚。你也不能把她扔進浴室裡放了水就了事，得親自幫她洗。」

她打開堆在櫃檯上的其中一個較大的包裝盒，拿出三個瓶子來。

「這個，等她沖完水之後，先用這個塗滿全身，洗了後再塗這個，仔細揉一揉，揉十分鐘等吸收後再沖掉，最後用這個……等洗完了擦的時候也是有講究的……替她梳頭的時候呢……什麼？您怎麼能給她吃那種東西，您需要為她安排均衡的食譜，比如……」

老闆娘滔滔不絕講了很久，加萊開了錄音，聽得極認真，時不時還確認一下。

「總之，您若有問題就來找我，小馥不好養，您得多費心思。啊，對了，我送這個給她當贈品吧。」

老闆娘從天花板垂下來的玩具中扯了一個米色的酷似小熊的玩偶，放進了米飯的懷裡。

拎著一個大包走出嵐嵐寵物店後，伊凡夫看著米飯的眼神就變了，嫉妒的說：「一隻低等生物，竟然活得比我還精緻。我從三歲起就自己洗澡了，她洗個澡不僅要人伺候，還要好幾道程序！」

「你要和一隻寵物比嗎？」加萊冷嘲道。

「要是能跟她一樣，有吃有喝還有人伺候，我當然也會覺得很爽了！要不我也給你當寵物，你養我唄！」

「蠢貨。」

米凡抱著老闆娘給她的米色小熊，臉都被擋住了一半。她並不知道加萊提著的那一大包東西都是給她用的，老闆娘放進她懷裡的小熊被她當作了今天意外的禮物，心底溫暖起來。小熊毛茸茸的身體，憨厚可愛的小圓耳朵，極大的撫慰了她在醫生診所中遭受的創傷。

咦？

蹦蹦跳跳、大呼小叫的伊凡夫，在她眼中也成為了少年的活力四射、青春逼人。

正當米凡憑著伊凡夫誇張的表情猜測他和加萊之間的對話時，餘光掃到了一團飄過去的紅色。正眼一看，原來是一個紅色頭髮的中年男人。

好鮮豔的髮色，她出來這一趟，似乎除了白色啊、銀灰啊這些，沒見到過別的髮色。

米凡的視線不由得跟著這個男人。他正好衝著他們走過來了，出於好奇，米凡想看清他的臉，可是他一直低著頭，快步走著，微彎著腰，顯得有些瑟瑟。

男人一直沒抬頭，從對面直直走過來，而伊凡夫和加萊鬥著嘴，除了米凡，沒人注意到那個男人直接過來而沒有避讓。

男人一頭撞到了伊凡夫身上，當時伊凡夫正側著身衝加萊嚷嚷，他只是被撞得晃了一下，倒是那紅髮男人惶惶急急的撲通一聲跪在了地上。米凡見他渾身顫抖，像是怕得不行的樣子，伊凡夫皺了皺眉毛，說了句什麼，他就伏身趴在了地上。

「算了，以後長點眼，要是碰到別人，就沒那麼好運氣了。」

伊凡夫臉上嫌惡的表情讓米凡有些不適，這表情不大適合他那張融合著少年天真的年輕面孔。而且她不明白，這個紅色頭髮的男人為什麼這麼卑微，只是撞了一下人而已，用得著跪下來賠罪嗎？

伊凡夫似乎並不打算追究，和加萊繞開趴伏在地上的紅髮男人，離開了。

接下來的路上，米凡又見到了一個紅色頭髮的女人、和綠色頭髮的男孩，他們沿著街邊走著，縮著肩，像是想極力減少存在感，但他們亮眼的髮色，總是讓人不得不注意到他們。當這兩人見到加萊他們倆時，都停下來，躬身行禮。

米凡有些明白了。大概這些髮色不一樣的人，都是社會地位比較低的人吧。

快到瞬間傳輸中心時，忽然掉了一個盒子，是那老闆娘極力推薦的洗浴全套。加萊便將米凡放在地上，彎腰去撿。

米凡懷中抱著對她而言太大了的小熊玩偶，碰到了加萊，她便後退了兩步。

加萊把那盒子放回袋子中，正要直起身，就聽到伊凡夫怒喝了一聲。

「媽的快放手！」

當看到米凡被鉗制在方才撞到伊凡夫的那個三級人手裡，加萊手中的東西碰的一聲砸在了地上，銀灰色眼睛從長長睫毛的半掩下，陰冷的看著這個膽大妄為的三級人。

紅髮男渾身發著抖。這兩個不僅是高等人，而且是高等人中的貴族，他抓了他們的寵物，就是死罪。但、但他沒辦法，他只能孤注一擲——賭！賭在他們眼中，這個類人形的寵物比他這個低賤的三級人更有價值，足夠交換他的要求。

「你知道這麼做的後果，放了她。」加萊面無表情的說。

「不，不……」紅髮男搖著頭，在加萊冰冷的視線中膽懼的退了一步，扯得米凡差點站立不穩，被他掐著脖子，往上提了提。

米凡難受的咳了兩聲，掰著他的手。這是一雙粗糙有力的大手，一手就能將她的脖子握住。這個紅髮男不需要什麼利器，只憑手，就能瞬間扭斷她的脖子。

「我再次提醒你——」加萊的眼睛危險地瞇了起來。

彷彿沒法承受加萊的威脅，紅髮男大聲打斷了他的話：「只要答應我幾個條件，我就把她還給你！」

第五章 有大腿就要好好抱住

That's not easy
to be
moe animal.

基尹從小時候就知道，他和媽媽、姐姐是這個星球上最下等的公民，不可以搭乘公共飛船，不可以昂首挺胸走在街上，不可以觸碰高等人……無數的不可以。自從十歲那年鄰居家的玩伴因為撿起了路上的一條手鍊而被當作小偷處死之後，基尹就再也不敢直視那些高等人，有時不得已要進入公共區域，他也會盡量遠遠避開路上的其他人。

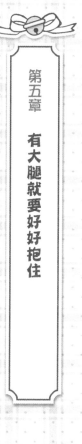

這次他做了比撿起路上不知誰遺失的手鍊更嚴重的事情，他會為此丟掉性命……也許不會，他撞到了那個貴族，對方卻沒有追究他的過錯，也懶得和他計較，或許劫持他們的寵物也會饒了他呢！

鄰居們已經一個個的死了，緊接著媽媽也帶著滿身的紅斑死去了，最終，神也沒有眷顧他的姐姐，她的手上已經出現了成片的紅斑。基尹怕極了，他害怕孤單的生活在這個星球上，無論如何，他也要留下姐姐。

疫情已經上報去了，但政府卻遲遲沒有反應，只有幾個區域進入了幾名醫生。他等不及了！

「我想要，想要醫生和藥。」基尹在對面可怖的眼神中膽怯的開口，他漸漸鼓足了勇氣，大聲喊道：「這個是珍貴的類人形寵物吧？只要你們派個醫生跟我回去，救好我的姐姐，我就把她還給你們！不然、不然我就殺了她！」

加萊慢慢的露出了一個諷刺的笑容，而伊凡夫更是不屑的冷笑了一聲。

基尹從小就為了活下去而努力的找工作，從沒有接受過教育，他並不知道自己的這個舉動有多麼愚蠢。

這裡離瞬間傳輸中心很近了，來來往往的人不少，慢慢的在加萊和基尹他們周圍聚集起了人潮。無數冰冷的目光投在他身上，無形的壓力讓基尹顫抖得更厲害了，恐懼讓他不自覺的加大了手上的力道，米凡痛苦的皺起了眉，用力扳著他掐在她脖子上的手。

「咪……呃唔……」米凡難受的睜開眼，便看見了三公尺外加萊陰沉得不像話的臉。她不禁一股悲痛，不就出一趟門嘛，為什麼這麼倒楣！

米凡在心中暗罵：混蛋！把人質掐死了看你怎麼辦！手放開一點啊！

加萊往基尹身後看了一眼，將視線定在基尹的臉上，「可以，我答應你的要求，但你先把她放了，如果傷了她，她一隻的價錢把你們一家賣了都比不上。」

基尹抖了抖，知道他說的是事實，他確實不能傷了這隻寵物，手鬆了鬆，但仍沒放下扣住米凡脖子的手。

「先放了她，我馬上聯繫我的個人醫生。」加萊重複道。

基尹想聽他的話放了手中的寵物，可手要鬆開的那一剎那，他又想起了很久以前看過的電影，便又牢牢的抓住了米凡：「你們先叫醫生去我家，我確定我姐姐得救後才能放了她。」

加萊看了眼被他掐在手裡而腳尖踮地、臉色痛苦的米飯，慢慢的呼出一口氣。

「好，我現在就聯繫。」加萊調出通訊面板，對基尹說：「你告訴我你姐姐在哪裡，我讓醫生直接過去。」

基尹大喜，連忙告訴加萊他家的地址。加萊點了點頭，向出現在通訊面板上穿著醫生服的醫生轉訴了地址，他一直開著面板，讓基尹看著醫生登上小型飛船，一路駛向他說的地址。

基尹一臉的喜悅和忐忑，米凡的臉色也好了點，加萊面容沉靜；而伊凡夫惱色消散，嘴角露出了一個冰冷的笑容。

通訊面板上的那個醫生下了飛船，敲響了一扇低矮房屋的門，不一會兒，就有一個一臉疲憊的、紅色長髮的女性打開了門，看見醫生，明顯的一臉驚訝。

從通訊面板上看到姐姐的面容，基尹的情緒一下子高起來，雙目閃閃的盯著面板。

醫生向姐姐解釋了兩句，姐姐有些半信半疑，但還是請他進了屋。她拘束的請醫生坐下，便站在原地不知道該怎麼辦了，醫生和善的讓她坐在旁邊，拿出儀器為她做了一個簡單的檢查。

「傳染性粉桃內生疹，不好治，不過還好是初期，治癒的可能性還是很高的。」

醫生對姐姐說：「我先替妳打一針，抑制住病情，然後妳收拾一下，我帶妳去醫院就診。」

醫生的聲音透過遙遠的距離傳到基尹耳中，他激動得眼眶中都迸出了淚珠，見姐姐猶豫，他大喊起來：「姐，他是我請來幫妳治病的！妳跟他去就行！」

他像個瘋子似的衝著加萊的通訊面板大喊大叫，站在四周圍觀的人都用看瘋子一樣的眼神默默看著他。那邊的姐姐聽到了基尹的聲音，和醫生交談了兩句，才點了點頭，稍微收拾了幾件衣服，和醫生離開了。

親眼看著姐姐上了飛船，基尹滿足的捂住胸口，放開了米凡。米凡立刻跑到了加萊身邊。基尹朝加萊深深的鞠了一躬，感激道：「謝謝您的幫助，我願意接受您對我的懲罰。」

而加萊只是嗯了一聲，當基尹抬起頭時，便看到加萊冷漠的面容，隨著腦漿在腦殼中炸裂開的聲音模糊起來。

米凡呼吸停滯的看著那個紅髮男忽然僵直了身體，鮮血迅速流出、蔓延開來，然後他直挺挺的倒在地上，雙眼直愣愣看著頭頂那金屬質的蒼穹。她慢慢捂住嘴巴，視線無法從他的屍體上移開半分。

「對不起，先生，讓你們受驚了。」一穿著制服的高個青年收起槍，繞過地上的屍體，向加萊和伊凡夫彎腰行了一個九十度的標準禮。

伊凡夫不滿的說：「你們來得太晚了。」

「是我們的錯。」青年不動聲色的說：「還好兩位和你們的寵物都沒有受到傷害。這個三級人我們會以擾亂社會治安、無故襲擊公民的罪名上報上去。」

「他的姐姐呢？」

「她已經上了飛船，我們會直接送她去警署，作為罪犯的家屬接受調查。」

「這還差不多。」伊凡夫勉強的點頭，「你是哪個隊的？」

「三隊，塔傑。」

「今天多謝你，塔傑。」加萊心情不好，有些不耐煩了，對塔傑說：「我會向你的上級表揚你的表現的。現在我們可以離開了嗎？」

「當然，先生。」塔傑鞠躬。

加萊牽著米凡的手轉身，但米凡死盯著離腳下只有半公尺遠的那個三級人毫無生機的身體，怎麼也挪不動腳。

加萊彎下腰，見她驚懼的眼神、蒼白無色的臉，對他的呼喚也沒有反應，一副被嚇呆的樣子，他不禁又煩躁起來。那個發神經的三級人！

「米飯、米飯。」他喚了幾聲，等米飯將視線挪到他臉上，他摸了摸她的頭髮，把她抱了起來。

她坐在加萊踏實而溫暖的懷抱中，滿腦子都是那紅髮男人倒地的樣子。加萊結實有力的臂膀環繞著她，她終於徹底的明白，這是她唯一可依靠的力量，沒有這雙臂膀，她會摔下來，摔到地上，像那個三級人，頭破血流。

原來即使是完全不同的社會，即使科技發達超過地球好幾倍，階級和壓迫依然存在，甚至更殘酷，身分和地位決定一切，被判斷為低賤的人，即使死了也並不是多大的事情，理由再光鮮又有什麼用呢？法律只是華美的遮羞布而已。

那還是個當地人，她卻是個異種。米凡微微顫抖起來，如果她沒有被加萊幫助，而是流落在街上，她會遭受什麼樣的待遇呢？她想起來她剛流落在這個星球上時，她是被關在籠子裡的，如果不是飛船墜毀，她會被運到哪裡去？那些人原本要拿她做什麼呢？

米凡想得越多，得出的結論就越可怕，與差點就要遭遇的地獄待遇相比，她在加萊的庇護下的生活簡直容不得她抱怨了。

沒有衣服只能裹著浴巾算什麼！他甚至都沒打過她！只要有吃有喝能活下去，叫她光著屁股跳草裙舞她都願意！

回到家，伊凡夫大叫了一聲，然後就跳到了沙發上。

加萊先放下袋子，然後將米飯放在地上，「嗯？」他想站起來，米飯卻死死抱著他的胳膊不放開。她的臉緊貼在他的上臂，尾巴也纏了上去。

「她怎麼啦？」伊凡夫沒形象的躺著，打開一瓶飲料一口接一口的喝著。

「被嚇著了。」加萊搖了搖頭，說：「真是麻煩。」嘴上這麼說，他卻悄悄的有一絲愉悅。

必須要抱緊這個大腿！出去了一趟就安全感全無的米凡這麼想著，可憐巴巴的叫了兩聲。

「好了、好了，抓妳的人不是死了嗎？還怕什麼？」加萊撓了撓她的耳朵根，她渾身一酥，鬆開了手，加萊趁機把她放在了伊凡夫的肚子上。

伊凡夫正喝著飲料，差點噴出來：「壓死我啦！」

「你看著她一會兒。」加萊說。

***　***　***

第二天，加萊和伊凡夫走了不知多久後，米凡才在床上慢慢的醒過來。

眼皮沉甸甸的，她艱難的睜開，揉了揉，然後才撐著身子坐起來。偌大的一張床就只有她一個人坐在中間，兩旁是凌亂的床單和亂擺的枕頭。她遲鈍的四處張望一番，沒人，一個人影也沒有。米凡眨了眨眼，尾巴搖了搖，就從床上跳了下來。

地上放著一個白色的碟子，堆著她熟悉的棕色的食物顆粒，一旁還有盛在小碗中的清水。米凡耳朵耷拉下來，一臉沮喪。

這東西她已經連吃了好幾頓了，不可以換換口味嗎？

作為大吃貨帝國的忠誠臣民，米凡本來還覺得有些餓的，但看到這些「狗糧」後就食欲全無了。她端起碟子，一邊隨意的往嘴裡塞幾口，一邊在屋子中閒逛。

昨天她仔細觀察了加萊和伊凡夫的一舉一動，對這個房間也有了一點點的了解。昨天他們還並排躺在床上看電視，而那電視螢幕好像是可以移動的，米凡沒看懂加萊是怎麼把它關掉的，所以她也不敢貿然嘗試。

但是這個她會了！米凡跑到浴室，在看似平整的牆面上點了幾下，一個平板就升了起來，清晰的映出她的身影。

加萊是將這個當鏡子用的，但這不是鏡子，說不定是安裝著攝影鏡頭的大型平板呢。

米凡將視線定在對面的少女身上。這是她穿越以來第一次看見自己的容貌，米凡先是認真，然後喜悅，接著疑惑，最後張大嘴露出了一個傻不拉幾的表情。

——這不是她的身體！

五官足有六分相似，可眼睛大了點，鼻子翹了點，嘴巴粉了點，而嫩得可以掐出水的臉蛋更是十五歲時才有的年輕光澤。總之，雖和她本來的面容長得像，但是漂亮多了。

按理說憑白多了雙耳朵和尾巴，米凡早該起疑心才是，但米凡一直覺得如果是魂穿的話，肯定會出現靈魂和身體的互斥反應，不能像她感覺到的那麼適應，對四肢支配的熟悉感簡直和原來沒什麼區別啊。她沒感覺到任何不對勁，即使是她摸著自己的身體，熟悉的線條和弧度也讓她認定這是自己的身體，長出耳朵又不能說話只是身穿過來時發生的小小意外。

話說如果米凡不是平胸的話，這具小腹未發育的身體是一定能引起她的警戒的。

米凡的臉僵了僵。不，才不是她平胸的錯呢！

米凡倒退兩步，用觀看珍奇動物的眼神看了自己良久，然後才接受了這個半陌生的面孔就是她自己的這件事情。

好吧，反正變漂亮了。她自我安慰道。

米凡把還端在手裡的白色碟子放在地上——不知不覺「狗糧」已經讓她消滅一半了。然後她湊到鏡子前，揪著自己的耳朵，低著頭往上翻著白眼艱難的研究了一陣，然後放開手，試著讓它各種抖動。尾巴也是這樣的，靈活得簡直能成為她的第三隻手。

聯想起最近猛一下變靈敏的聽覺和第六感，米凡不得不承認，這是個半獸化的身軀。

哇，半獸人好萌好時髦——才怪！

米凡哭喪著臉把尾巴收到身後。她還是比較喜歡做人類，起碼可以說話啊咪！

她衝著鏡中的自己咪咪嗚嗚喵喵叫了好久，發出一些奇怪的音調，卻始終不能叫出自己的名字。

唉……米凡沮喪的坐在地上，瞧著對面同一張灰敗的臉。她現在到底是個什麼玩意兒呢？是什麼物種啊？還是此世間獨她一份？她這副模樣，加萊又為什麼收留她呢？

要是說覺得長耳朵的人很稀奇所以才帶回家，那他也沒露出吃驚的表情啊！

如果說他是因為善心，不忍看她在外面漂泊死去所以帶她回來……加萊對她確實不錯啦，雖然有奇怪的地方，但態度很溫和了，可是米凡總覺得他不是只憑善心就輕易做出決定的人。因為可憐所以救了她，這個原因連米凡都覺得無法說服自己。

米凡憋了好久，都猜不出當時加萊決定帶她走時的心思。啊，算了，反正這不是重點，重點是，如何抱好關乎存亡的粗壯大腿。

米凡是個最惜命不過的小市民型的人，昨天出門一趟，身邊還跟著加萊和伊凡夫呢，就先是被變態醫生折騰，然後被人劫持……米凡深深的感覺到這個世界太危險了！

她必須要好好討好現在養著她的加萊！嗯，還有伊凡夫。

但是她身無分文，吃的喝的也都是人家的，拿什麼來討好他呢？

看多了言情小說的米凡，腦海裡立刻蹦出了一張邪魅狂狷的男主角臉並笑道：「呵呵，那妳就拿身體來償還吧！」

不不！米凡搖頭把奇怪的腦補搖出腦袋，繼續認真思考。

既然讓她待在家裡，那她可以幫忙做做家務……啊，她做飯的手藝還是不錯的，洗衣服洗碗也都很熟練。米凡點了點頭，緊接著臉就垮了下來。這房間裡連個水槽都沒有，她洗個屁啊！做飯也找不到廚房啊！況且這屋子乾淨得跟無菌室似的，連根頭髮絲都沒有，也用不著她打掃。

連著否決了好幾個想法，米凡鬱悶了，她怎麼覺得自己好無用？

米凡哭喪著臉拿出了最後一個辦法——她可以充分利用身體優勢賣萌討加萊歡心。

……其實她更擅長講冷笑話。

＊＊＊　＊＊＊　＊＊＊

臨下班時，伊凡夫又被吉奧韋森拉去找樂子了，加萊暗暗滿意，這傢伙終於滾了。他將辦公桌收拾了一下，半垂著眼，板著一張臉走出辦公室，有幾道含羞帶怯的視線立刻投到了他臉上。

加萊視若無睹走了過去。

「這個就是新調來的部長嗎？好年輕啊。」

「而且長得好帥！我想勾引他！」

「切，妳去試試啊！年紀輕輕就空降到能源部，後臺肯定大得妳想像不到，貴族是肯定的，就看是八大族系的哪一系了。」

「哦哦，我看他的眸色，很像克蘭克族的啊！」

「啊！妳說的是那個傳出醜聞的……呃……」

窸窸窣窣的八卦聲無一疏漏的傳進加萊耳中，走過那群老鼠似的圍成一團嘰咕的女人，他停了一下，然後冷冷的看過去一眼。

一群人頓時被消了音，被他目光掃過的人，都低下頭大氣不敢吭了。

加萊從鼻腔中發出不知是冷哼還是冷笑的一聲，冷淡的銀灰色眸子重新遮掩在長長的睫毛下。

自小就習慣了被議論，加萊並未將辦公室中發生的那一幕當作一回事。一瞬移到廣場，加萊滿腦子就被菜單填滿了。

嵐嵐寵物店老闆娘的言論猶在耳邊：一定要保障她的飲食營養！

加萊神色一凜，懷著對未知的敬畏，嚴肅而謹慎的向他從未去過的菜市場走去。

房間中的亮度一直是恆定的，米凡不知道時間，只能憑感覺猜測時間的流逝。無事可做，米凡乾坐著等著加萊，想著等他回來該怎麼怎麼做，如何如何賣萌效果最好，米凡反而越想越緊張起來。

屋角的瞬移點亮了起來，米凡連忙站起來，緊張兮兮的望過去。

加萊的身影在逐漸消退的白光中顯現出來，他提著大包小包，幾乎是立刻就望向了米凡。

哦哦他提了好多東西，機會來了！像賢慧的日本大和撫子一樣，一邊說著「您回來了」，一邊迎上去幫他分擔幾包吧！

米凡的鬥志上來了，雄糾糾、氣昂昂的衝了上去。

第六章　賣萌是門技術活

That's not easy to be moe animal.

加萊剛站定，一團白白小小的東西就撲了上來，然後軟軟的碰到了他的手。他低頭，一雙閃亮亮的黑眼睛正眨巴著看著他。

加萊心中一動，問道：「幹嘛呢妳？」

米飯只是扯著他手中的袋子，咪咪的叫著。加萊不知所以，便鬆開了手。

米凡得償所願，得到了表現的機會，高興的接過了兩個袋子。

然後加萊就看到他的小寵物費勁的走了兩步，那小身材幾乎讓袋子拖在地上了，因為太重，她歪著身子，一搖一擺的，樣子很滑稽。加萊覺得可愛，嘴角就不由得微微翹起來了。

就在他偷笑的時候，米飯晃了一下，撲通一聲連人帶東西撲倒在地上。她嗚嗚的在地上撲騰了幾下，才齜牙咧嘴的坐起來。加萊的嘴角又咧大了些。

痛痛痛！米凡揉了揉膝蓋，一股沮喪感湧上心頭，她果然是廢材，連這點小事都做不好……可是東西真的很重啊！她以前可是連水桶都抬得起來的漢子哎，那袋子裡到底裝了多少東西啊……想著，米凡就把目光投到了旁邊。袋子就掉在她腳邊，口開了，落了一地亂滾的不明物體，十分的凌亂。

米凡一驚，想討好人家卻壞事了！

她急忙轉頭向加萊看去，卻發現他正翹著嘴角開心的看著她笑。

被嘲笑了！米凡的玻璃心頓時裂了一條縫。

為了證明自己，她連忙爬起來想把東西都撿回袋子中，但下一秒身子一輕，她被加萊抱回了沙發上。他揉了揉她的頭，笑著說了句什麼，便回去親自把滾落在地上的東西收拾起來。

到底是沒長大的小東西啊，笨手笨腳的，力氣也太小了。剛回到家，看到她迎上來，他還挺開心的，但看起來她是對他帶回來的袋子感興趣，看來是喜歡他買回來的食材嗎？

加萊抱著大大小小好多袋的食材去了廚房。

米凡一直不知道那塊地方就是廚房，因為太乾淨了，也沒有廚房裡該有的瓶瓶罐罐、碗勺碟筷。米凡跪在沙發上，趴在沙發背上，圍觀加萊憑空抽出了一把大刀。

哇哦！好閃的一把好刀！米凡默默讚嘆了一聲，不愧是外星，就連菜刀都格外閃亮。

原來他帶回來的奇怪東西都是食物啊，但是除了看起來是蔬菜的，其他有著詭異顏色和材質的真的可以吃嗎？從袋子裡掉出來的時候她都沒認出來那是食物。

米凡見加萊打開一個盒子，倒出了幾塊紅色的鮮肉似的玩意兒，然後他揮起菜刀，米凡頓時看見刀光連成了一團白影。

哇靠！米凡被驚得身子往後仰了仰。這、這非凡的戰鬥力，被他嘲笑廢材她也認了，跟他對比起來，她的確是個廢材。

米凡撐著下巴，看著加萊做飯，效果等同於觀賞一場特技比賽，看那不見刀影的刀技，看那暴起的火焰，看那旋轉的菜鍋！（？）

其實加萊從沒做過飯。切菜、點火、上鍋，最後熄火上盤，他只知道這些大致的步驟。至於菜要切成什麼形狀呢，做的時候要放什麼調味料呢，他都一概不知。

可是加萊他是誰？從小就長期占據學校各門課程前三名的位置，戰鬥課上鮮見敵手，加上家庭優越、身分高貴，加萊向來對自己有很強的自信。

所以他把菜盛到碗裡後，連嚐都沒嚐就端了出來。

米凡頓時震驚了！

這一團魔之顏色的糊糊是啥玩意兒啊！不、不會是給她吃的吧？米凡盯著他放在她手裡的碗。

加萊把碗給了米凡，自信的認為她一定會很快吃完並且喜歡上的，於是他轉身又進了廚房，打算準備自己的晚餐。

端著一盤呈現著另一種魔之顏色的食物滿意的出了廚房，加萊卻吃驚的發現米飯將碗放在了地上，碗裡的東西只動了一點。加萊頓時抿緊了嘴，將盤子放在桌子上，他彎腰把碗拿起來，一臉嚴肅的在她臉邊晃了晃，意思是妳為什麼沒吃？

米凡心中淚流滿面，她嚐了一口，那真的不是人類可以接受的東西啊！面對著他含著指責的眼神，米凡連連搖頭，「有毒有毒！」

「咪嗚咪嗚！」

面對他做的美食，她竟然不肯吃，養成挑食的壞習慣可不行。加萊把碗塞進她手裡，聲音嚴厲的說道：「吃了！」

口氣好凶。米凡的手緊了緊。可是不行啊，這玩意兒吃下去會要人命的。

在加萊的監督下，她艱難的低下頭，可是一聞到那難以形容的味道，她急忙遠離、急匆匆的呼吸了幾口新鮮空氣。

加萊的臉更陰沉了，不悅之色十分明顯。剛接觸時她很敏感的那股壓迫感重新散發出來，壓得她血液都開始發涼，米凡背脊有一股寒氣流了過去，尾巴上的毛都快炸開了。

不吃，他生氣起來她小命不保；吃吧，小命依舊不保。

生死存亡之際，米凡的天靈蓋一亮，收拾收拾驚慌的心情，她抖了抖耳朵，捧著碗眨巴眨巴眼睛，發出軟綿綿、嬌滴滴的一聲：「咪～」

加萊的眉頭皺了一皺。

米凡心裡一慌，連忙穩住陣腳，眨巴著眼睛蹭過去，大著膽子扯住了加萊的袖角。

加萊低下頭看她，神色依然未見好轉。

米凡盯著他面無表情時就顯得格外冷淡的眼神，搖著尾巴衝他軟軟叫了一聲，然後她做出了一個打破自己節操的動作，她抓著他的手拿臉蹭了上去。跟她鄰居家見人就親的傻狗似的，米凡一邊蹭一邊想：真是諂媚啊米凡，看妳都要跟別人家的狗學怎麼討好人了！

但她是被逼無奈的，她雙手抓著加萊寬大的手掌，眼睛水汪汪的仰臉看他。語言交流無力，雙方誰也聽不懂誰的話，作為絕對弱勢的一方，她只能用動作表達她的親近和退讓了。

——饒了我吧～別生氣也別逼我吃那堆玩意兒，看，我都這麼卑微的請求你了。

米凡可憐巴巴的又叫了一聲。

真、真是……加萊心肝一顫，努力板著臉，把她放在地上的碗向她推了推，「吃！」

她又親暱的在他胳膊上蹭了蹭，尾巴也纏了上去，扒在他身上，就是不去看那碗。

哎……加萊心中一陣無力。這小傢伙倒真會撒嬌，罵也沒用，打吧，又下不了手。加萊盯了她一會兒，終於嘆了口氣，把手按在她頭頂，「算了，妳還是吃罐頭吧。」

米凡沒聽懂，仍埋頭一股勁的扒著他。加萊單手把她拎開，放在地上，轉身開了一個罐頭給她。

看著上頓還覺得難吃的「狗糧」，和地上那碗魔之糊糊比起來簡直是無上美味，米凡心中流著感動的淚，不枉她扔了好大一把節操。

她往嘴裡塞了一口，看到加萊坐到了桌邊，他拿起了一根湯匙。

米凡猶豫了一下，還是沒有阻止他。也許外星人和她的口味不同，反而喜歡奇怪的味道呢？

米凡看著加萊挖了一勺放進嘴中，緊接著就欣賞到了他瞬變的臉色。

——你看你都覺得難吃，何苦來折騰我啊！

然而，加萊表示還沒折騰完。雖然寵物店老闆娘提出幫米飯改善營養的建議由於不可抗拒的因素而暫時無法實施，但他謹記著其他的建議。他拿出了從寵物店買來的洗浴套組和毛髮梳理套組，首先打開包裝，拿出說明書仔細閱讀一遍。

米凡吃飽喝足了，加萊就在旁邊，她不敢亂跑，便站起來在原地扭扭腰踏踏步。

加萊研究完，確認好用法，看了看時間，還早，便先去處理幾份工作文件。過了一個多時刻，他收了網路，抬起頭來，米飯正坐在地上，身子一晃一晃的昏昏欲睡。

他笑了笑，將她抱起來，在她懵懂的眼神中把她放到了浴室。

唔……還有點睏的米凡想，又洗澡啊……她等著加萊出去，然後想著待會要使勁搓一搓才好。

低著頭等了一會兒，前面的人卻一直沒有離開，米凡疑惑的抬起頭，眼前是一個正在脫衣服、已經半裸的男人。

米凡大！驚！失！色！

她連連退了好幾步，直到背抵在玻璃牆上，雙手反射性的往胸口捂，心想：鴛鴦浴嗎？還是更重口的人、人獸嗎？清醒點啊我們可是不同物種！

米凡的腦袋裡頓時亂得好像二十部電視一齊發聲，她張了張嘴，一堆吐槽堵在了嗓子眼裡。

加萊將衣服扔到浴室外，打開了噴頭，他把洗浴套組放在一旁的架子上，把米飯撈到了身邊。

「嗯？」他一抬眼，就看到她瞪得大大的眼睛，雙手環著胸，一副瑟縮的姿態。

好身材啊！寬肩細腰翹臀，還好沒脫光，可是只剩內褲她還是覺得好危險！哎，穿的是平角內褲……米凡臉一紅猛地抬眼，對上了加萊的眼睛。

這時水嘩嘩的流了下來。

加萊出身貴族，雖然自理能力不弱，可從來就沒有服侍過別人，當然也不包括小動物。

所以雖說做了充足的準備，但當他將米飯拉到身邊，還是不知怎麼下手。手懸在空中好一會兒，才按在了她的頭頂。

水嘩啦啦如下雨般從頭頂均勻的灑下來，加萊的眼睛被淋濕而耷拉下來的頭髮遮住了，他往旁邊撥了撥，眨掉睫毛上的水珠，才看清了米飯的樣子。

兩人的身高差別太大，所以他蹲了下來，正好和站著的她平視；這時她更緊張、害羞了，直接用雙手捂著臉，牢牢的半點不露。

加萊撥了撥她被水淋濕而顯得更有光澤的頭髮。

米凡渾身一抖。太羞恥了！

她的手指露出一條縫，偷偷的糾結望向被加萊脫下來扔在旁邊的浴巾。

加萊慢慢舒了一口氣，他一直記得米飯對浴巾依戀的怪毛病，但是幫她洗澡總不能還讓她裹著浴巾。他還以為脫下浴巾時她會大吵大鬧呢，還好她表現得比較平靜。

他伸手擠了一點液體，塗在她的髮上，用力搓了起來。

米凡捂臉捂了好大一會兒，終於撐不住了。她不知道加萊在幹嘛，頭皮被他扯得一陣一陣的疼，她想自己已經被抓掉好多把頭髮了吧！為了避免成為禿子的悲慘命運，米凡不得不放下手，按住髮根憂愁的向加萊望去。

他一手的泡沫，看得米凡一愣。

這是……她攤開自己的手一看，也沾了一手的泡沫。

哎咧？他在替她洗頭髮嗎？米凡頓時一臉迷茫。為什麼啊！他在想什麼啊？！

這時頭皮又是一疼，她忙捂住頭，叫道：「輕點輕點！」

「別亂動。」加萊把她的手挪開，在她的髮根處抓按了起來。

自見識了他在廚房的表現後，米凡就已深切了解他非凡的戰鬥力，這時頭皮被抓撓得簡直快破了，她更知曉他的力道之大。

米凡猛地跳了起來，從加萊的魔爪下逃開，疼得淚眼汪汪的看著他。

加萊眉目一斂，向她伸出手，「過來。」

米凡看了看他滿是白泡泡的手，堅決而果斷的搖了搖頭，並且向後退了一步。

果然沒那麼順利。加萊在心底嘆了口氣，站起來，抓住米飯的手腕向自己一拉。

米凡嗚的一聲，臉就貼在了一大片濕漉漉的光滑皮膚上。她頓時呆住了。

加萊按著她的肩膀，半強迫的讓她坐在地上，加重了語氣說：「米飯，別亂動。」

米凡剛緩過來，又聽到加萊的喚聲，又恍了一下神。

他是在叫她？那口音聽起來有點像她的名字。

正恍惚著，他的利爪又抓上了她的腦袋。米凡小小的哀叫了一聲，心中悲嘆著：我又不是三級殘廢，可以自己動手的，不用勞煩您伺候！

偏偏米凡一想動，加萊就能立刻察覺到，然後一掌把她按回去。

在加萊的角度，米飯亂動亂跑不肯好好坐著，實在讓他心生煩惱，大半精力都放在了讓她乖乖坐著上了，於是手下的力道便不那麼注意，米飯唉唉直叫，掙扎得更厲害了。

這一番折騰下來，米凡累得直喘氣。加萊雖然不累，可也被她弄得夠嗆。兩人在嘩啦啦落下的溫水中相互對望了片刻，米凡捂著腦袋縮了一下，然後自己揉洗著頭髮。

米凡低著頭，用手指把頭髮撥成幾縷，然後在水的沖洗下沖乾淨。一邊洗著，她一邊想：看看吧，我自己會洗，不用你動手呀！

結果她抬頭一看，加萊正拿著兩個瓶子思考著什麼，壓根沒朝她看過來。

媚眼做給瞎子看了……T_T

本以為就此結束了，米凡把頭髮攏到前面，縮著胸就等著他放她出去。誰知加萊又往手裡擠了些什麼，朝她靠了過來。

等等等等！米凡在他的手放在她背上滑動的時候都快哭了。

——大哥！大爺！真不用您伺候得那麼周到！

終於得以解脫，米凡被加萊抱出來的時候不僅臉是紅的，渾身都紅透了。一被他放在床上，她就撲倒在被子上把臉埋了起來。

身邊一沉，是加萊坐在了旁邊，米凡身子一僵，沒勇氣直視他，他的手在身上滑動按壓的感覺還很清晰的存留著，想一想胳膊上就浮起一層雞皮疙瘩，她把臉埋得更深了。

加萊揉了揉臉，只覺得身心俱疲。替米飯洗完澡，用乾淨的浴巾幫她擦乾、抱她出來，他就連替自己擦擦頭髮的心思都沒有了。替她洗一次澡簡直比和在環石帶贏威里其族人一仗還要難。

他在心中默默將老闆娘建議的兩天洗一次改成了一週一次。

歇了一會兒，髮絲仍滴滴答答的向下滴水珠，加萊不得不起身弄乾頭髮。等他一身清爽的回來，站在床邊，他愣了一下。

米飯橫躺在床上，身下的被單皺成了一團，一個枕頭被她抱在懷裡，另一個則墊在了她的腳丫下，睡得連頭腳都調了個頭。

他只不過離開了一小會兒而已。

加萊想起醫生說她還在幼年期，正是成長很快的時候，吃得多也睡得多。於是他便為她轉眼就能睡得死去活來的功力笑了笑。

心情莫名輕快了許多，加萊探身從她懷中拉出一個枕頭。

誰知她抱得極緊，加萊抓了一下沒抓出來，猶豫的望了一下她腳底下的那個，他果斷的別開視線，上身俯下更深，小心拉開她的胳膊。

他將枕頭從她懷中拿了出來，就放開了她的手腕。剛要撤身，卻不想米飯手一劃拉，碰到了他的胳膊，就當作枕頭直接摟在了懷裡。

整隻手都埋在了她身下，加萊試著抽出來，不出意料仍是被她抱得很緊。

加萊低下頭，食指動了動，碰到她的睫毛，蹭得有些癢。她頭向下壓了壓，額頭抵在他的手腕蹭了蹭。

鼻尖縈繞著小馥身上獨有的香味，加萊的心忽的一軟，沒有再試圖將手抽出來，而是在她身邊躺了下來，嗅著那纏繞不散的香氣，很快也睡了過去。

第二天加萊起來時，米凡也跟著醒了過來。她一睜眼就想起來了昨晚淒慘的浴室事件，眼前正好晃過加萊一段精瘦的腰，她急忙閉上眼，等他下床。

一直裝睡到感覺不到他在房間中的氣息，米凡才坐了起來。

「媽媽，我覺得，妳女兒的心理承受能力又得到了一個新的提升了。」米凡惆悵的遠眺著自語。然後她就下床找加萊留給她的食物吃去了。

又是獨自度過的漫長的一天，米凡有了一大段空白的時間可以用來思考她目前的處境了。

首先，情勢是樂觀的，因為生存無憂，基本的存活條件都能得到滿足；再來，現在的條件還可以再改善一下，比如，她可不可以試著讓加萊體會一下她的心情，別再試著把她脫光光呢！

目光移到身上的浴巾上，昨天洗完後他替她披了一條新的。好像自從那次她找到浴巾卻第一次被他扯掉，她嚇得差點哭出來大大的折騰了一番後，他似乎明白了些什麼，就一直讓她裹著浴巾了，直到昨天他突如其來親自上陣幫她洗澡。

米凡沉思，也許她應該換個方法。

＊＊＊　＊＊＊　＊＊＊

又是一天過去了。加萊在文件上批下最後一個字，收起來，有些疲乏的往後靠在椅背上，淡淡的向外望去，正好看到了貼在玻璃門上，一張嬉皮笑臉的少年般青澀的臉。

雙目對視，伊凡夫笑得更開心，加萊則忍住了翻白眼的衝動。

「你又跑到我們部門幹什麼?我沒興趣陪你去夜店。」

「哎呀哎呀~」伊凡夫一揮手，「說什麼呢，我是來和你一起回家的。」

加萊面無表情，「我和你家不在一起。」

伊凡夫走進來，雙手撐在他的辦公桌上，嘴一咧，露出一口白牙，「想你家米飯了，我打算今晚去你家睡。」

「我可以說不嗎?」

「你覺得說不有用嗎?」

加萊臭著一張臉將伊凡夫領回了家。伊凡夫一路雀躍，胳膊搭在他肩膀上勸道:「沒事的，我不會霸著米飯，也會分給你抱抱的。晚上睡覺的時候我也不會再踢你了，放心放心!」

加萊一拳朝他的臉揍了過去。

等回到家，加萊沒等到米飯搖著尾巴朝他迎上來的場景，有些失落。他看了眼一站定就四處張望著找米飯影子的伊凡夫，閉緊了嘴。

「哎?你家米飯躲哪兒去了?」

加萊走了兩步,忽然猛地頓住了腳。伊凡夫在他後面踮腳一看,立刻倒抽了一口氣,瞪大眼打量一下,震驚的對加萊說:「看不出來啊,你金屋藏嬌?!」

加萊沉默的看著從沙發伸出的一雙腿,光滑細長,因為沙發背擋著,只露出了對方身上過大而直蓋到膝蓋的襯衫。

他的眼中有一絲不確定,而伊凡夫早已竄了過去。

加萊將視線從露出的那截襯衫上移到伊凡夫臉上,果不其然看到他張開嘴露出一副吃驚神色。

第七章　會穿衣服的寵物

That's not easy to be moe animal.

伊凡夫的眼睛瞪得極大，指著蜷在沙發上睡得沉沉的小傢伙對加萊說：「你幫她穿你的衣服啊？我差點沒看成女人。虧我還以為你轉性了呢。」

加萊看著米飯，沉默了一會兒說：「不是我幫她穿的。」

「咦？」伊凡夫疑問一聲，過了一會兒他才反應過來，驚道：「那是誰？你不會說是她自己穿上了你的衣服吧？」

加萊艱難的點了點頭。

「不、不可能……」伊凡夫有點崩潰，「我養了八十年的寵物了，可是從沒見過哪隻會自己穿衣服的！」

加萊猶豫道：「也許……是因為你從來沒養大過牠們？」

「可她不也沒成年嗎？哪有那麼聰明！」

伊凡夫的聲音吵醒了米凡，她揉了揉眼睛，爬起來，手正好壓到了衣服角，她沒撐住，一下子撲回了沙發上，這時她完全清醒了。米凡忙跳下沙發，看向兩人。

哎？怎麼還有個人？米凡定睛一看，正是那個好像叫做伊凡夫的少年。平常他總是笑嘻嘻的，但現在他正用看異物的目光瞪著她。

發生什麼事了？米凡疑惑的望向加萊，結果他目光更加複雜的看著她。

到、到底怎麼了啊！為什麼要用這種目光看著她啊！

米凡雙手抓著襯衫角，難道是因為她撿了昨天加萊換下扔在浴室邊的襯衫穿嗎？

她是想，穿上衣服能讓加萊明白她是很有自尊的，也會有羞恥感，希望他能理解且盡量別老扒光她；她想，如果總是裹著件浴巾的話，可能他不會當回事的。但是現在這兩人的目光顯得那麼吃驚不解，米凡不禁心虛了。莫非在外星上穿件衣服也是有說法的？還是她不可以穿加萊的衣服？

「米飯……」加萊開口了。

米凡聽懂他在叫她，連忙「咪」的應了一聲，甩著尾巴專注等他接下來的話。

不過加萊沒再說什麼。好吧，就算他說什麼她也聽不懂。

伊凡夫和加萊說了幾句話，兩人一同走到了旁邊，突然一塊藍色螢幕從手腕處投射在空中，兩人在上面指指點點的。

米凡心中開始忐忑不安了。情況有些詭異啊，加萊的反應根本和她料想的不同，他的神色太鄭重了些。她一定是做錯了什麼！米凡幾乎可以肯定。

那麼後果會很嚴重嗎？對加萊心思一點也猜不到的米凡心懸在半空中，吊得她惴惴不安。

圖盧卡星球論壇，寵物版塊——

【剛升職不開心】發布主題帖：我的小馥會自己穿衣服！求問這種情況是正常的嗎？

1L 19:55 6/16/2015

發布人【××○○】：無圖無真相！

2L 19:57 6/16/2015

發布人【達瓦里希】：樓主我記得你，之前發過帖吧？到底怎麼個情況你不仔細說說，我們怎麼幫你判斷？說不定是別人幫牠穿上的，但是你不知道呢？

3L 19:57 6/16/2015

發布人【剛升職不開心】：沒什麼好說的，我白天去上班，家裡沒有人，晚上回來的時候她就穿著我昨天扔在地上的襯衫了。所以可以肯定不是別人幫她穿衣服。

4L　19:58　6/16/2015

發布人【家有小馥】：恭喜LZ，你家的小馥成精了！要是我家的小馥，我就樂死啦！

5L　19:59　6/16/2015

發布人【達瓦里希】：可以很肯定的告訴樓主，小馥這個品種是做不出這樣的事情的。雖然科學測試表明成年小馥的智力相當於我們元族四十歲未成年人的智力，但牠們普遍EQ低，反應呆板，不善運動。通常養小馥的都只是因為牠自帶天然香氣，而不是和養其他寵物一樣期望從牠身上得到感情的慰藉，因牠們很少和主人互動，也就是說，牠們知道一件衣服是怎麼穿上的，但牠們通常懶得嘗試。

6L　20:01　6/16/2015

發布人【家有小馥】：喂，LS（注：樓上）的，別這麼說啊，也不是所有養小馥的都是把牠們當活動香水。我就很喜歡和我家的小馥玩的，雖然牠不怎麼理我……

7L　20:02　6/16/2015

發布人【＋＋】：哇，LS你養得起小馥哎！一定是白富美，求交往！

接下來樓就歪了。加萊關了論壇的頁面，覺得那個叫達瓦里希的說法有點問題。他的米飯明明就很可愛，還很黏他，不像他說的很少和主人互動、反應呆板。以此判斷，他說小馥絕不會自己穿衣服，那也不一定可信。

伊凡夫摸著下巴，思考了一會兒，說道：「我覺得吧，米飯畢竟是我們養的，就算比其他的小馥聰明些，也是很正常的事。」

加萊瞪了他一眼，「只有你會覺得正常。」

伊凡夫攤了攤手，「那你覺得呢？既然是已經發生並且不可否認，那就說明了這件事的合理性。既然合理，那就再正常不過了。再說，論壇上那傢伙也說小馥的智商很高，可見米飯會自己穿衣服也不稀奇。」

加萊皺了皺眉，朝米飯看去。她正看著他，眼睛中流露出不安。真是敏感的動物，他們說得對，小馥的確很聰明。

加萊向米飯走去。

隨著加萊的靠近，感受到他身上平靜的氣息，看著他淡薄的銀灰色眸子，米凡本來忐忑的心反而安穩了一些。在他將手放在她頭頂的時候，她低下頭，好方便讓他順毛。

加萊摸了摸她，忽然向後退了兩步，凝神注視她。

米飯其實不矮，差不多有一百六十公分了，但在加萊身邊，看起來就是孩子一樣。她穿著他的襯衫，下襬一直垂到她的膝蓋，手也全藏在了袖子裡，看起來就像小孩子偷穿了媽媽的衣服，又像直接套了一個麻袋。襯衫下伸出兩條細腿，相比之下就顯得十分細直，加萊的視線順著向下，她光著的兩隻小腳踩在地上，腳趾正不安分的扭動著。

「這樣看起來還是挺可愛的，不是嗎？」伊凡夫在他身邊說。

加萊沒吭聲，但在心底默默的點了一下頭。

好像沒事了。伊凡夫大聲嚷嚷著拿出了飯招呼加萊一起吃，而加萊先替米飯準備好了食物，才坐到桌子邊。

米凡慢慢的嚼著，看著那兩人，不自覺的露出了一個小小的笑容。看來是她自己嚇到了自己，看，他並沒生氣，也沒有要她把襯衫脫掉。過了這一關，以後就可以光明正大穿衣服了。

真好的外星人啊……她偷偷替加萊發了一張好人卡。

接下來的幾天都很平靜，雖然底下是真空的，但畢竟有件正經衣服罩著，米凡覺得自己有個人樣了，腰板也挺直了些。而伊凡夫一直賴著不走，加萊雖然總是對他露出一臉厭煩，可從沒趕他走過。

米凡其實也挺喜歡伊凡夫住在這裡，他遠比加萊活潑、話多還愛笑，有他在，晚上就熱鬧多了。

這天早上，米凡醒來時，和往常有些不同，身邊不是空空的，有溫熱的軀體緊緊靠著她的背，腿也被壓著，很重，壓得她動彈不得。

……今天他們怎麼沒出去啊？米凡睜開眼，一張很是養眼的睡顏便映入眼簾。

加萊就睡在她旁邊。好吧，由於伊凡夫硬要擠著和他們睡同一張床，所以三人睡覺的時候總是挨著的。但通常米凡睡醒的時候，兩個人都已經不在了。

今天的這個角度，讓她一睜開眼就看到了加萊的整張面容。他纖長而根根分明的睫毛微微抖動著，也許是閉著眼睛的原因，他的容顏顯得有些脆弱，像冬日陽光下的冰雕，犀利、剔透、冰冷。

米凡看得有些出神，直到頭皮一疼，米凡蹙緊眉無聲的哎呀了一聲，在身後那人大腿的壓迫下艱難轉過身。她的頭髮很長，足夠她在髮尾被攥在他人手裡時轉一個身。米凡側著身，頗為鬱悶的看著伊凡夫，他也側著身，正好對著她，雙手縮在胸前，揪著她的一大把頭髮。

就連睡覺的時候都不安穩，他的嘴唇還輕輕翕動著，無聲叨唸著不知什麼。忽然夢到了緊張情節似的，他的手猛地一縮，抓得她嘶的抽了一口氣。

一隻手從身後伸出來把伊凡夫的手掰開，解救了米凡的頭髮。她連忙把頭髮撈回來，想起身，但加萊就傾身在她上方，她便只好暫時躺著，眼睜睜的看著加萊把被子往上一拉，捂在了伊凡夫臉上。

五指大張，加萊無情的緊按在伊凡夫的臉上，不一會兒伊凡夫就嗚嗚的掙扎起來。

「吾醒路放開唔！」伊凡夫雙手亂揮著，碰到了加萊的手臂，狠狠的立刻來了一拳。

當然沒打中，加萊悠悠的放開手。

米凡從床上坐起來，把因過大而露出了肩膀的領口整了整，並沒急著下床，因為這時伊凡夫撲下了床，揑著拳攻向了加萊。

米凡恍惚間看到了高中時坐在她前排的一對總是打打鬧鬧的男同學，看著氣得嗷嗷叫著亂打的伊凡夫，心情愉快的笑了起來。

「加萊你這王八蛋，想我死就直接說！可憐我跟你快百年的交情，你竟然下得了狠手！」又一拳打空，伊凡夫慘叫一聲：「我傷心了！」

他轉身撲向了米凡，抱著她的肩膀把臉埋進了她懷裡。米凡渾身一僵。

「米飯妳家主人是混蛋啊妳別跟著他了，讓我來養妳吧！」伊凡夫嚶嚶的一邊在她懷裡蹭著、一邊說，也不管米飯聽不聽得懂。

伊凡夫那顆腦袋蹭得米凡胸口疼，偏偏他一副撒嬌賣萌的樣子，米凡迷茫的看向加萊，他冷哼一聲，拎著伊凡夫的衣領把他往後甩去。

等伊凡夫乖乖認輸，安靜下來，確定沒有誤傷風險後，米凡才爬下床。

加萊取出罐頭倒給米飯的時候，伊凡夫在旁邊叫了起來：「不是說老吃罐頭不好嗎？不新鮮營養也不全面，你怎麼還讓她吃這些？」

加萊手一頓，不動聲色的回答道：「單做給她吃太麻煩了，我沒有時間。」

伊凡夫單純的點頭，「也是，挺麻煩的。我好像記得有個寵物飼養培訓班要開課了，不如我幫你報個名，說不定他們會教怎麼解決這個問題。」

加萊將食物放在米飯面前，轉過身來時就做了決定，道：「等一下你將培訓班的資訊傳給我。」

「行啊，先讓我找找。」

伊凡夫咬了一口麵包，咀嚼的時候發出可怕的石頭破碎的嘎吱聲，米凡往嘴裡塞食物的動作頓時一停，目露驚恐的看著他，心想：外星人的飲食習慣果然是很可怕的！

伊凡夫一邊吃東西，一邊在記錄中翻找前天看過的頁面，翻著翻著，他忽然想起來什麼似的，抬頭對加萊說：「對了，米飯是不是該去打預防針了？」

＊＊＊　＊＊＊　＊＊＊

今天依然是輕鬆愉快的一天，加萊他們倆走後，米凡輕快的搖著尾巴，學著加萊的動作偷偷打開了電視看節目。

三維立體投影讓沒見過什麼世面的平民米凡看什麼節目都覺得特別好看，電視劇視覺效果超乎想像，廣告中出現的場景也讓她大開眼界，就連看新聞，米凡也能對那位紮小辮的超帥的主播發好久的花痴。

一直看到肚子餓得咕咕叫，米凡順眼看了下新聞頻道下面顯示的時間，頓時一個激靈站起來，把電視關掉，跑到沙發上趴好，做出一副我很乖的樣子。

不一會兒房中就傳來了細微的動靜，米凡如今十分靈敏的耳朵抖了抖，朝聲音傳來的方向看去，加萊和伊凡夫果然都站在傳送點上。米凡咪的叫了一聲，興奮殷勤的迎上去。

加萊剛揉了揉她的耳朵，伊凡夫就一把抱起她在懷中各種揉捏，「米飯好乖呀，有沒有想我啊？」

這晚入睡的時候，米凡還想，除了睡覺的時候擠了點不大舒服，作為流落異星的小可憐，這樣的日子其實很不錯了。但是第二天，加萊抱起她試圖帶她出去時，米凡頓時覺得，她依然面對著各種危險挑戰！

外面的世界太危險，出門一定不會遇到好事的！唯一一次外出就在心靈上留下了嚴重創傷的米凡，在加萊懷中伸長了身子抓住沙發背死也不鬆手。

「咪咪咪！」米凡叫得很是尖利。

伊凡夫抓了抓頭，問道：「她怎麼了？」

「不知道。」加萊鬆開手將米飯放下，她一著地，就立刻往桌子那跑。

米凡是想往桌子底下鑽的，天真的想著以他們的身形沒法跟著鑽進去抓到她。但她跑沒兩步，脖子一緊，加萊就提著她的衣領把她拎了起來。

嗚嗚！她重新被加萊抱住了，這次她的手到處揮動，也沒抓到任何東西。

加萊一臉淡定，抱著拚命扭動的米飯順利出了門。

白光一退去，眼前出現寬大、人潮擁擠但有序的廣場，米凡就停止了掙扎。都已經被帶出來了，她也只好祈求這趟出行別太折磨她。

米凡縮在加萊懷中，瞅著上次見過的熟悉街景，心中漸漸起了不大好的預感。當那家診所的招牌出現在眼前的時候，米凡費了很大的力才壓下心底那立刻跳下來逃走的衝動。

可怕的冷血醫生就在那裡面！米凡覺得醫生看她的眼神就像看著一個實驗對象，不帶一點感情的。想想她都要打個冷顫。

「我們別進去了。」米凡忍不住對加萊說。當然，她發出來的只是咪咪的叫聲。

加萊看了她一眼，在她背上拍了拍，很短的說了句什麼，半點沒猶豫的和伊凡夫一起走了進去。

米凡哀嘆一聲，抱著加萊的脖子，把臉埋在了他的頸窩。

「今天沒人，直接進去就好了。」外間一個人也沒有，伊凡夫說著，就率先向裡屋走去。

散發著冷冰冰氣場的醫生正扶著額頭，坐在桌前寫著什麼，手邊放著一堆古老的紙張。聽到動靜，他抬起頭來，看了他們一眼，面無表情道：「打針？把她抱過來。」

加萊抱著米凡走上前，醫生起身接過。腰被醫生抓著從加萊懷中向外拉，但米凡緊緊摟著加萊的脖子不肯鬆手，半個身子都平行的懸在空中。

醫生渾身一冷，沉默的看了加萊一眼，意思不言自明。

加萊哭笑不得的說：「米飯，鬆手！」

米凡當然沒聽話，伊凡夫開心的嘻嘻笑著，上前把米凡的手從加萊脖子上掰開。

哎呀！米凡剛默唸了聲慘，屁股一涼，她被醫生放在了檯子上。

醫生扯了下米凡身上的襯衫，嘴角一撇露出個微帶諷刺的笑容。米凡有些緊張的揪住了領口。還好這次他並沒有做別的，只是掰開她的嘴看了看，翻了翻她的眼皮，用一根銀針似的東西在她指尖扎了一下就不理她了。

米凡提心吊膽的等了一會兒，醫生和加萊交談了一會兒後，拿著針筒過來了！

救命！她怕打針！

米凡眼睛瞪得溜圓的盯著醫生手裡的針，在他靠近的時候，悲痛的閉上眼睛把臉撇向了一邊。她又沒生病，為什麼要帶她來看醫生啊！而且這裡不是科技發達的外星嗎？就不能改進一下別用注射器了嗎？

米凡緊張的等了好久，但一直沒感覺到針扎入皮膚的疼痛，她疑惑的回頭一看，醫生已經回到桌邊了。

咦，這就完了嗎？

被加萊抱出去的時候，她還有些糊塗。這次怎麼沒讓她受難呀？

路過嵐嵐寵物店的時候，伊凡夫眼尖的看見了紅裙美豔的老闆娘，頓時腳尖一轉，拉著加萊徑直進了店裡。

加萊本來也想進去一趟的，但此時他嘲笑伊凡夫道：「你是白痴嗎？每見到一個好看的女人都必須搭訕？」

一走進店中，就有一隻體型酷似老虎的貓科動物啊嗚的大吼了一聲，老闆娘順著聲音抬起頭來，立刻笑容滿面，「啊，兩位好啊，有什麼需要的嗎？」

伊凡夫撲上去，兩眼亮晶晶道：「老闆娘我需要妳的聯繫方式！」

老闆娘掛著的一臉笑容變也沒變，完全無視伊凡夫。

加萊想了想，卻想不出具體需要幫米飯買些什麼，「呃……」

老闆娘眼一掃，從米飯身上掠過，上次的浴巾換成了男人的襯衫，她邪邪一笑，提議道：「不如幫她買幾件衣服？」

伊凡夫被老闆娘無視了也不氣餒，饒有興致的問道：「這裡還有賣給寵物穿的衣服啊？」

「當然了，事實上一些特製的寵物服裝很受歡迎的。你看，不是很可愛嗎？」老闆娘手一揮，三雙眼睛都順著她指尖指向的方向看了過去。

那是被光牆關著的一條蟲子，超大隻的、足有一公尺長的白白胖胖的蟲子，不知道原形就是如此還是被餵得太胖，牠都不能把身體盤起來了，而是直挺挺的躺在地上，兩隻圓溜溜的紅色眼睛呆滯的回望著他們。

這是一條如果審美觀詭異些才會覺得它很萌的蟲子，老闆娘替牠圓溜溜的腦袋上戴上了一頂圓簷草編帽子，帽子上還裝飾著一個圓點蝴蝶結，還替牠套了一條青綠色蕾絲邊的淑女裙！鑑於蟲子身體完全沒有曲線，那裙子套在牠身上就像套在了一個水桶上。

「很可愛吧！這裙子是我親自設計的，我覺得顏色挑得很好，配上牠本身的顏色顯得多麼清新呀。」老闆娘雙眼閃光，興奮的對他們說。

加萊沉默了。

伊凡夫勉強著笑道：「是、是啊，不愧是老闆娘，眼光真是不錯。」

米凡默默的盯著那隻蟲子，說實在的，那條裙子手藝不錯，蕾絲看起來也很精緻，只是穿在牠身上……米凡略有些悲傷。連條蟲子都能穿上裙子，她卻連穿件襯衫都要看人臉色。

加萊和伊凡夫對視了一眼，彼此都理解了對方的意思。老闆娘的審美觀有些離譜，還是不要害自己了。

加萊正要開口婉拒，老闆娘就拍了下手，高興的說：「我想起來了，上個月有一個顧客為她養的小馥訂製了幾件衣服，我就順手做了幾件雌性的，正好先生您可以讓您家的這隻試一試，我覺得尺寸應該不會差太多。」

不待加萊拒絕，老闆娘就跑到了另一間房內，在裡面撲啦啦翻找起來。

伊凡夫抓了抓鼻子，對加萊說：「那個，我們還是別打擊老闆娘了，回頭把衣服買下來，回去不給米飯穿就是了。」

加萊輕聲一哼，「真會討好人。」

「哎呀，老闆娘這麼熱情，你也不忍心打擊她的吧！」伊凡夫小聲說。

加萊沒有吭聲，默認了伊凡夫的提議。

第八章　糾結的變裝PLAY

That's not easy to be moe animal.

米凡不知道加萊和伊凡夫又來這裡是想幹什麼，由於上次走時老闆娘送給她一個大熊玩具，所以她對老闆娘頗有好感，便在加萊懷中安靜的等著。

過了一會兒，老闆娘捧著一疊衣服出來了。米凡還在好奇，那些粉粉嫩嫩的顏色看起來不會是讓男人穿的，也不像老闆娘的風格，她拿出來幹嘛呢？

老闆娘笑咪咪的放下衣服，從中間抽出一件，抓著兩邊在空中一抖，笑道：「嘩~漂不漂亮？」

青碧色打底的細肩帶短裙，綴著成團的銀紅和橙色的花簇，以及細碎的綠葉。胸前裝飾著波浪形的同色花邊，下面則加有白色裙襬，顯得清爽又可愛。

很漂亮的裙子呀！米凡眼睛黏在衣服上，不自覺的搖起了尾巴。

伊凡夫反應過來已經在大加讚揚了：「這是老闆娘親手做的嗎？果然是心靈手巧，我想以妳的品味和手藝已經足以做普斯諾的專業設計師了。」

雖然加萊也覺得意外的不錯，但伊凡夫誇張的奉承讓他鄙夷的看了他一眼。普斯諾的設計師，虧他講得出。

老闆娘得意洋洋，抖了抖裙子，對加萊說：「來來，讓您家寵物試一試。」

加萊把這會兒挺乖的米飯抱給了她，米飯還有些呆呆的。老闆娘上來就去解米飯襯衫的釦子。哎咧？怎麼是個人都來脫她衣服啊！米凡急忙扭身躲開她的手，朝加萊一望，他們都很平靜的看著她。

「哎呀~你們家的寵物害羞了哈哈！」老闆娘笑著把米飯抱起來，說：「我帶她去裡間好了。」

害羞？伊凡夫咧嘴笑道：「老闆娘真可愛。」

不一會兒，老闆娘一聲驚喜的叫聲就傳了出來，然後她露了一個頭出來對他們說：「捂上眼，這絕對是個驚喜。」

加萊他們當然不會傻乎乎的把眼捂住，但當看到從老闆娘身後走出來的米飯時，還是露出了有些傻氣的表情。

米凡抓著衣服，走起來有些同手同腳。感覺到兩人的目光，她不知道為什麼就紅了臉，不敢抬頭。換完後她從鏡子裡看到了自己，裙子穿在她身上很合身，裙襬正好到膝蓋上方，肩帶不長，卻也露出了鎖骨，前胸的花邊正好掩飾了她平胸的缺點。

其實來到這裡並沒有多長時間，但米凡穿著這裙子，卻感到了久違的陌生。從鏡子中，恍惚間看到了那個過著平凡卻安寧生活的自己，在校園中度過的十六歲那年的歲月。

老闆娘得意的看著加萊和伊凡夫的反應。

加萊默默無言的看了米飯好久，而伊凡夫已經叫了起來：「太合適了！」他繞著米飯走了兩圈，連連點頭，「真不錯，我都想捏捏她了。老闆娘，那這些衣服也都讓她試試吧！」

「好啊好啊～」老闆娘欣然應下。

如果說那件細肩帶連衣裙給了米凡久違的幸福感的話，剛換上的這件就是給了她當頭一棒。

米凡渾身顫抖盯著鏡子中的自己，老闆娘拉她，她也不動。這是什麼衣服啊！她果然還是太天真！上天就是喜歡給她一個甜棗再踹她屁股一腳，把戲弄她當樂趣！

米凡抖著手要脫下來，但老闆娘抓住了她的手腕，把她拉了出去。

不要！我的老臉！米凡羞恥萬分，試圖反抗未果，被拉到加萊和伊凡夫面前時，她極其希望能擁有隱身的能力。

「這……」加萊吃驚的看著米飯，有些尷尬的對老闆娘說：「這是什麼衣服？」

老闆娘露出意味深長的笑容，「不喜歡嗎？這是艾思奇星球上很流行的貓娘裝。正好您家的寵物本來也有耳朵和尾巴，最適合穿這套衣服了。」

「合適合適！」伊凡夫臉頰微紅，連連點頭。

有點……不成體統啊。加萊想起了上學時最古板的宇宙學老師的口頭禪。他內心覺得不太好，卻忍不住朝米飯多看了兩眼。

米飯的身材小他自然是很清楚的，但當黑色皮革緊緊包裹著那纖小的身軀，極力突出一手可握的細腰和小巧挺翹的臀部時，就越發顯得可愛可憐。從只到大腿根的短裙留出了伸出尾巴的開口上可以看出，老闆娘確實是專門為米飯這一類設計的，甚至還附帶一雙高筒黑色絲襪，緊貼著米飯的腿直到膝蓋上兩寸。

他覺得有點看不出眼前的這個就是他的米飯了，從沒想過她能帶給人除了可愛之外的感覺。可是，他養的是寵物啊，又不是……

「有點不大合適，這件還是不要了，上一件連衣裙就不錯。」

「啊———」老闆娘失望的拉長腔。

伊凡夫立刻說道：「就要這件！」他歪頭又看了看米飯，傻笑著點頭，「嗯，真是很好。加萊不肯要的話，我來付錢。」

加萊皺著眉對伊凡夫低聲說：「就算你買下來我也不會讓她穿的，這樣子……嗯，不成體統！」

伊凡夫完全不管他，翻了翻剩下的幾件衣服，高興道：「這不是奉承話，老闆娘，妳做的這幾件不僅漂亮還各有風格，這些衣服我們全要了！」

加萊跟著翻了幾下，剩下的幾件衣服還算正常，他輕吁了口氣。

在老闆娘期盼的目光下，加萊點頭說：「都買下吧。」米飯穿著的這件貓娘裝回家就讓她脫了。

老闆娘立刻高興起來，手腳麻利的打包，並且對加萊說道：「回去後能不能請您把她穿上身的照片傳給我？我想看看她穿上後效果怎麼樣。」

這當然沒問題。加萊點頭同意，然後暗自決定絕不會把貓娘裝的照片傳給她，反正她也看過了。

米凡塌肩縮胸的站在那兒，好幾次想奔回裡面那間房裡躲起來都讓老闆娘牢牢抓住了。她覺得這輩子的臉都丟盡了，這種衣服穿了還不如不穿呢。她哀怨的在心底抱怨。

伊凡夫在她身邊轉了好幾圈了，還抓她的尾巴逗弄她，米凡低著頭就是不理他。突然，眼底出現一雙腳，加萊走到了她跟前，肩上一暖，她吃驚的抬起頭，是加萊將襯衫披到了她身上。米凡忙把襯衫拉緊，仍然覺得渾身彆扭。

加萊將她抱起來，向老闆娘告了別，帶著幾件衣服和伊凡夫一起離開了。

回到家，加萊剛將米飯放下，伊凡夫立刻竄到了她跟前，嚷嚷道：「把襯衫拿掉，我要拍照！」

剛才在店裡時，伊凡夫也一直處在過於興奮的狀態，繞著米飯犯花痴，此時加萊一陣不耐煩，低聲叱喝道：「丟不丟人，對著一隻寵物發什麼情！」

伊凡夫頓了下，慢慢的站直了身。

加萊閉上嘴，有些後悔說得太難聽，卻拉不下臉道歉。兩個人之間的空氣開始凝滯。

這時伊凡夫身邊傳出了嘀嘀的提示聲，他按住耳垂，啞聲問道：「誰？」

「是，是的。」他肅容回道，點頭說：「我明白了，馬上就回去準備。」

他掛掉通訊，吸了一口氣，平靜的看向加萊，「塔依坦區發生叛亂，我要去一趟。」

加萊一怔，張了張嘴。

伊凡夫走到傳送點，背對著他說了句：「你也可能有調動，先告個別吧。」

「……」加萊低聲說：「你小心。」

在身形即將消失前，伊凡夫小聲哼了一聲：「你也是。」

加萊看著空蕩蕩的傳送點嘆了口氣，低頭，米飯抓著襯衫領正仰頭看著他，眼中似乎有一絲擔憂。好像她明白發生了什麼似的，加萊苦笑著搖搖頭，他在亂想什麼。

伊凡夫離去前的憋悶感仍蔓延在空氣中，加萊坐在沙發上，手肘搭在膝蓋上，垂著頭。

這時，他耳垂上的聯繫器也響了起來。

「加萊，明天來部門一趟，有臨時任務安排給你。」吉奧韋森的聲音傳進耳中。

「是塔依坦區的事嗎？」加萊問道。

「不是，那邊的叛亂只要伊凡夫那兩隊人派過去就能搞定，嘖，那些三級人……你的任務並不重大，只是時間緊張，明天過來我替你安排一下，後天就要動身了。」

第二天加萊走得比平時要早，米凡也迫不及待的早起。她有點開心，昨晚加萊將好幾件衣服都給了她，意思很明白了，這些都是她的了～

那件貓娘裝也在其中，但米凡果斷的無視了它，只要加萊不逼她穿，她就把它當抹布。

她把衣服平鋪在地上，數了數，不包括那件貓娘裝的話，有五件，夠她穿的了。雖然都是裙子，但是她知足了！米凡捧著臉開心了一會兒，高高興興的一個接一個試了遍，最後還是換回了細肩帶短裙——好東西要省著享受嘛！

她剛把衣服疊好放回原地，加萊就回家了。

米凡小驚了一下，還是上午呢，他今天怎麼回來這麼早？米凡眨了下眼睛，朝他走了過去。

加萊走出傳送點，正想著吉奧韋森吩咐他的那些話，他隨意看了米飯一眼，忽然想起一件事：他明天就要去吉拉德，而伊凡夫也要去塔依坦區了，那麼米飯要怎麼辦？

***　***　***

博索萊伊區飛船中轉站，藍色的巨大穹頂像一個巨大的碗倒扣在地面上，頻繁的自動打開分布穹頂各處的出口，時不時便有飛船起飛或者降落在中轉站。吉奧韋森站在停在停泊區的一架飛船下，一臉驚愕的用手捂住嘴，上下打量著遲遲到來的加萊。

「加萊，你可真讓我吃驚。」

加萊面無表情的看著他表情誇張的上司，把倒背在胸前的雙肩包往上頂了頂。

吉奧韋森似笑非笑，眼尾的皺紋加深，眸光盈然的說：「別告訴我，你要帶著她去出任務。」

加萊皺了皺眉，「不可以嗎？」

吉奧韋森不說話，含著笑走到加萊跟前，歪頭看著蜷坐在加萊背包中，頂著一張囧臉的米凡。

雖然覺得坐在背包裡挺舒服的，可米凡覺得她還是寧願讓加萊抱著，不要像顆大白菜似的裝在包裡。她仰起頭和這個中年大叔對視，猜測著他的身分。

吉奧韋森饒有興趣的撥了撥她的耳朵，米凡臉一紅，往背包裡縮了縮。

「她很乖的。」加萊看著他說，「我保證不讓她亂跑。」

吉奧韋森笑道：「問題不是這個，你確定要把她帶到地下？」

加萊露出了有些愁惱的表情，「她不能沒人照顧，我只能把她帶在身邊。」

吉奧韋森搖了搖頭，一邊登上飛船，一邊說：「隨你，只要你看好她，別讓她亂跑就行。」

米凡有點在背包裡坐不住了，她本來不知道加萊要帶她到哪兒，沒想到他跟著那個大叔徑直向面前巨大的飛行器走了過去。她激動的打量著四周，宇宙……飛船！好萊塢裡老是來攻掠地球的就是這玩意兒吧！原來她也有坐上飛船的這一天啊！

其實這只是艘星球上通行使用的飛船，並不是宇宙航行所乘的，但在米凡眼中，這艘如小山一樣的飛船和太空船差不了多少。

她的手扒在背包口，一眨不眨的看著隨著加萊前進而逐漸靠近的入口。

入口處站立著一個穿著軍服的年輕軍人，五官線條鋒利，面容嚴肅。在吉奧韋森和加萊離他還有兩公尺處時，他抬手，昂首挺胸，行了一個極標準的軍禮。兩人徑直經過那年輕軍人走了過去，米凡的眼睛則一直黏在那軍人身上轉動。

事實上，米凡一直都有點制服控傾向，她電腦裡存著一部高清的完整版〇九年閱兵典禮，和整整五個資料夾二、三次元的制服系圖片。

喲喲軍服好貼身，腰帶繫得好緊，靴子好筆挺～她要為這套制服的設計者打五星好評！

米凡的頭直到那軍人的身影完全被加萊的身體擋住時才轉了回來。這時，他們已經來到了飛船內部。米凡像剛進大觀園的劉姥姥一樣，極力用眼睛捕獲四周的一切。

飛船內不出意外的有著很大的空間，人不少，都井然有序的在自己的位置上，中間處的半空中展開著一張巨大的半透明螢幕，一些米凡看不懂的資料在上面滾動著。

人來人往，一些人在遇到吉奧韋森和加萊時，會停下來行一個軍禮。吉奧韋森會和他們打個招呼，而加萊不知是因為剛調過來的緣故，還是為人太冷淡，幾乎沒和他們說過一句話。

米凡能察覺到，這些人雖然都一副嚴肅冰山樣，卻都在經過時很隱蔽的朝她掃上一眼，再若無其事的收回視線。這裡的氣氛很是肅穆，人人都正經得很，人們看她的奇怪目光讓她感覺到這裡好像不是她應該來的地方啊。

可加萊好像完全沒感覺到一樣，抱著完全不配他那一身筆挺服裝的雙肩包，在眾人隱秘交錯的視線中，和吉奧韋森走進了控制室中。

控制室中，無數的儀表閃著藍光，嘀嘀聲在角落中不時響著。吉奧韋森坐在控制臺的座位上，點了一根菸，悠然的抽了起來，他蹺著二郎腿，斜倚著身，顯得很淡泊優雅。

加萊無甚興趣的掃視了一眼，將目光定在吉奧韋森身上，「我先回房了。」

吉奧韋森微微勾著嘴角，悠悠的吐出一口煙，揮了揮手。

加萊的房間在飛船南端的休息區內，一人獨占一間二居室的套房。他在門口設置了口令，才將米凡連著那個完全不搭他那身筆挺服裝的雙肩包放下，然後正要將米凡從包裡拎出來，她就已經趕忙自己爬了出來，結果裙子邊還勾在了包包的拉鍊上，她姿勢很尷尬的弄了好一會兒才把腳放在了地上。

米凡一自己爬出來，加萊就收回了手。等她裙子被勾住出不來時，他也袖手在旁邊看著。米凡像吐絲的蠶一樣扭來扭去時，他忍不住嘴角微翹，露出了今天的第一個笑容。

米凡拉了拉裙襬，也沒注意加萊，視線就被那面落地窗吸引了過去。

原來不知不覺間飛船已經起飛了嗎？她走到窗邊，小心的朝外看去。無邊無際的雲海，在天那頭又圓又大的星體照耀下，散發著瑩瑩的銀色光輝。而且飛船還在向上升，比雲海更高。

米凡緊張的盯著窗外，是要飛到宇宙裡了嗎？她莫名穿來這裡的時候，她的國家才往天上送了幾個人。要是她能回去的話，絕對要拿這次飛天的經歷好好和媽媽吹噓一番。

不過讓米凡失望的是，飛船上升到一定的高度，就不再飛了。

她雙手緊貼在窗戶上，額頭抵著涼涼的窗戶，入迷的看著腳下銀色的雲海無止境和緩的流動著，想像會有金龍從雲海中騰空躍起。看了好久，她才想起來加萊的存在，連忙轉身，帶著額頭上的大紅印看向他。

加萊正看著展開在他面前的一面螢幕，那上面正播放著塔依坦區的叛亂影像。感覺到米凡的目光，他側過頭看了她一眼，抿著嘴，然後微微一笑。他向她伸出手，示意她過來。

米凡眨了眨眼，急忙過去，見他的手還沒收回去，猶豫了一下，就將手搭了上去。

加萊的表情一愣，米凡見此就想將手拿開，但他五指一收，將她的手握在了自己的手心中。

「明明挺聰明的，可是有時候卻覺得妳傻乎乎得誰都能用一個罐頭就把妳拐走。」他在她額頭留下紅印的部位揉了揉，又低聲自語道：「怪不得總覺得如果把妳單獨留在家裡會不放心。」

米凡乖乖讓他揉著自己的額頭，睜著眼睛瞧著離得很近的加萊的臉。等他放開她後，她坐在加萊腳邊，抱住膝蓋，安靜了下來。

影像中來自塔依坦區的喊殺聲依然嘈雜的播放著，加萊看著看著，腿邊忽然貼上了一個什麼東西。他低下頭一看，是米飯靠著他的腿，竟然睡著了。

米凡醒過來的時候，房間裡已經沒人了。她試著去開門，如她所料，根本打不開。她也不急，坐回了落地窗邊。

外邊的光線在變弱，天空的星星變得非常的大並且明亮。她好久沒見過夜空了，在這個星球上這麼多天都沒有到地面上過，而在地球上時，更是很長時間都沒有抬頭看過天空了。

也許是在雲層上方的原因，漫天的星星就像昂貴的鑽石一樣綴在夜幕上，很是晶瑩漂亮。

雖然肚子餓得在叫，但米凡看得很開心。

門忽然滴答響了一聲。米凡連忙站起來，期望的看向門口。

咦？走進來的是個少年一樣的年輕軍人，不是加萊。

米凡並沒覺得害怕。雖然沒有仔細想過，但一路上眾人對加萊的態度，讓她潛意識裡明白了加萊的地位，而她，在加萊的保護中。

她探究的看著這個軍人。除了加萊和伊凡夫，她還沒單獨接觸過別人，她對這個闖進加萊房中的人有了一絲好奇。

真是小小的一隻啊！卡魯艾看著宏大的夜幕背景下顯得格外渺小的米凡想著。不愧是加萊少爺，連養寵物都那麼出人意料。

第九章 終於有好吃的飯菜了！

That's not easy to be moe animal.

身為六大貴族之一的克蘭克一族，卡魯艾從小就將加萊當作偶像。他雖然擁有克蘭克這個姓氏，但其實和克蘭克的中心人物只有稀少的血緣聯繫。

儘管家中並不富裕，母親還是懇求舅舅讓他上了伯德帝國的貴族學校德菲內斯，在那裡，他見到了克蘭克內定的族長、學校中的風雲人物「加萊・克蘭克」，有幸和他共進了兩頓午餐——其實只是在學校的餐廳中拼桌——卡魯艾就自甘自願的成為加萊的跟班。

他心知平庸如自己，永遠也不可能和加萊少爺比肩。畢業之後，卡魯艾就服從舅舅的安排，到了能源部調派局工作。本以為這輩子都只能在電視上見到他的偶像，誰知不久前他收到了部門的一個通告，加萊．克蘭克將從參謀部調至能源部擔任副部長。對卡魯艾而言，這簡直是意外之喜。得知加萊將去吉拉德區後，卡魯艾略使了些手段，代替同事上了飛船，果然如願見到加萊少爺。而令卡魯艾欣喜的是，加萊少爺竟然還記得他，並且派給了他一個任務。

卡魯艾懷著激動的心情得到了加萊少爺專屬房間的口令。他暗自心想，即使只是替一隻低等生物製作食物的任務，他也一定要完美完成！務必要在加萊少爺面前表現出負責任、有能力的一面！

現在卡魯艾站在加萊的房間中，和他猜想的那隻攻擊力A＋的霸氣側漏的寵物對視著。

第一眼他還以為房裡的是加萊少爺的私生女，但當他看到她頭頂的耳朵和長長的尾巴時，吃驚過後才慢慢想起來，這是一隻在貴族中極受追捧的小馥。

果然在加萊少爺身邊很長見識！什麼低等生物，加萊少爺養的寵物當然不是一般人能養得起的。

卡魯艾像變戲法一樣，從身後變出了一個飯盒。

米凡遲疑的看著眼前的年輕軍人，他拿著一個比她腦袋還大的盒子，彎著腰，在八公尺外用十分熱情的聲音朝她招著手──總覺得他看起來像一隻請母雞到家裡做客的黃鼠狼。米凡眼角朝他拿著的盒子瞟了一眼，看不出是什麼。

卡魯艾見她只是看著他，一直不過來，撓了撓頭髮，想了想，把飯盒的蓋子打開。

三秒後，米凡被鑽進鼻子裡的一股飯香搞得一陣恍惚。

好、好手藝，媽媽的味道！

米凡不自覺的朝他走近了一步，可看到卡魯艾喜出望外的笑臉，她又停了下來。他那麼高興幹嘛？因為母雞上鉤了嗎？

米凡抿了抿嘴，看了一眼飯盒中似乎十分豐盛的飯菜，吞下口水，極其堅決的將視線移開，爬到靠牆的床上，縮在了帷帳後。

哎？怎麼躲起來了？

本來覺得很容易就能完成任務的卡魯艾怔住了。這菜可是他親自下廚做的，如果說有一點他能比得上甚至超過加萊的話，那也只能是廚藝了。

可是做得再好，這小傢伙不吃也沒用啊！

他走到床邊，和藹的把飯盒遞到米凡的眼底下。米凡從帷帳後露出一雙眼睛，警戒的看著他。

卡魯艾無奈的摸了摸鼻子，說：「喂，我看起來像壞人嗎？這頓飯可是我用盡畢生功力做出來的嘿！給點面子啊，妳吃完了我好向加萊少爺邀功啊。」

加萊？米凡耳朵動了一下，捕捉到了這個詞。

「咪？」

見到她給了點反應，卡魯艾大喜過望，連忙更努力和善的道：「妳看，我既然能進來這間房，肯定是得到加萊少爺的允許啦。這說明什麼？說明我是好人啊！相信我沒錯的，吃點吧！」

又聽到他提起了加萊的名字，米凡猜他是加萊認識的人。可是他不知道她聽不懂他說的話嗎？還認認真真的好像在努力勸說她一樣，好傻。

這麼傻的人，大概不會有壞心思吧？

卡魯艾見她眼中警戒的神色稍減，更受鼓舞，索性挖了一大勺菜，啊嗚一口吃進嘴裡，親身演示給她看：看，很好吃的！

吃給她看，好讓她放心這飯裡沒有毒咩？想想時間已經這麼晚了，加萊也沒回來，這個傻小子又一聲一聲的加萊，難道是加萊請他來送飯的嗎？

這樣一想，米凡覺得好像有點對不起這個努力的年輕人了。

加萊回來時，看見的就是這樣一幅場景：卡魯艾抱著一個偌大的飯盒繞著房間在跑，而米飯蹦蹦跳跳的在他身後追。他瞬間覺得自己好像在房裡養了兩個小屁孩。

加萊扶住門邊，艱難的從齒間擠出一句話來：「卡魯艾……你在幹什麼？」

卡魯艾頓時把腳黏在了地上，米凡收不及，一下子撞在了他身上。

唔？她揉了揉鼻子，一抬頭，看見加萊正一臉難以接受的表情。

米凡終於也反應過來，她開始和這個年輕人玩起了「哈哈哈來追我的遊戲」啊？

她偷偷往旁邊一瞥，卡魯艾懷裡抱著她吃了一半的飯盒，正扭扭捏捏的在用腳蹭地，一邊偷看著加萊。

這頓飯她吃得太滿意了，幸福感頓生，以至於平常總綳著的那道警戒外界的弦也鬆了下來。卡魯艾開玩笑似的把飯盒從她手邊奪走時，她也與以前和朋友們玩鬧一樣上去撓了他一爪，然後……然後就鬧起來了。

都怪他氣場太像好朋友了！

「加萊少爺……」卡魯艾小聲說，心中想到，本來是來替寵物餵食的，結果他竟然和對方玩了起來，這下他想在加萊少爺面前好好表現的願望破滅了！

「吃完了嗎？」加萊走進來，朝他手中輕輕瞟了一眼。

「呃……」她沒吃完，因為吃一半的時候讓他搶走了。

卡魯艾蹭了蹭腳尖，說：「我做得有點多，怕她撐著了，就沒讓她吃完。」

加萊走到米飯面前，手剛放在她頭頂，她的尾巴就跟著在身後搖了搖。加萊嘴角微微一翹，轉臉看向卡魯艾的時候又恢復了長官臉：「辛苦了，現在你可以回去了。」

「啊，哦。」卡魯艾一愣，「那我走了，加萊少爺。」

臨走前，卡魯艾將飯盒放在了桌上。米凡還看見，門即將關上的時候，他衝著她做了一個鬼臉。米凡一臉囧然。

——喂，真把她當小孩呀？

加萊跟著吉奧韋森開了兩個時刻的會，還沒有吃飯，逗了一會兒米飯後，他走到桌邊，看見卡魯艾留下的飯，順便俯身聞了聞，心中還想著，要是做得不好，米飯也不知能不能吃得慣。

但當菜的香味調皮的竄進鼻中時，加萊沉默了。

***　***　***

米凡以為還要在飛船上睡一覺的，撐著下巴等加萊用完飯好一起上床時，吉拉德區卻已經到了。

米凡自然不知道目的地，本以為下了飛船能夠看見不同尋常的外星景致，誰知還是和出發時的中轉站一樣的穹頂，以及停在地面長得一樣的飛船。

只是溫度似乎有點低，不知道哪裡的風颳在她臉上，讓她想起秋天降溫的感覺。她往加萊懷中縮了縮，他身上的熱氣包圍住了她，似乎就將她與冷風隔絕開來了。

「這次出現的目魯拉數量十分多，在近幾百年都屬異常，已經嚴重影響了超液金的抽提。開採區的監控員反應這些目魯拉已經出現了變異的前兆。我們這次除了將目魯拉處理乾淨外，還需要捕捉一些活標本提供給研究院。」

吉奧韋森一邊大步走著，一邊和隨行的人講著此行的任務。加萊心中已經有了個底，所以聽得心不在焉。

「今天已經晚了，等明天，加萊，你帶人去地下開採區先掌握一下具體情況。」

「知道了。」

今晚他們休息的地方並不在開採區，而是吉拉德區伴隨著資源開發而發展起來的一個小鎮，主要由服務業支撐著，靠在開採區工作的人員來發展經濟。

偏僻又荒蕪的吉拉德區很少有局長以上的人物來到，小鎮中也自然沒有足夠高級的旅館。吉奧韋森和加萊以及幾個級別較高的官員，在小鎮鎮長提供的小別院中住了下來。

加萊抱著靠著他的胸口、已經睡著了的米飯，站在分給他的房間中看了一圈。

雖然簡陋了些，但還算乾淨。

一直到現在已經深夜了，雖然一整天都沒有休息，但加萊仍沒感覺到疲憊。他彎下腰，將已經睡熟了的小寵物放在床上，然後打算接下來找卡魯艾讓他明天來這裡一趟。

就在他把手從米凡背後抽出來時，米凡握成拳的手緊了緊，然後迷迷糊糊的睜開了眼睛。

在柔和燈光的背景下，加萊的面容模模糊糊的，米凡瞇著眼睛，用力眨了眨。真是奇怪，她現在不僅食量大增，還睡得多了，上一刻還在加萊懷裡坐著呢，下一秒就睡得天昏地暗、萬事不知了。

米凡坐起來，好奇的看著加萊。她醒來的那一刻，他好像是要出去的樣子。

見米飯醒了過來，加萊又返回來，彎腰拍了拍她的腦袋，說：「我要出去一趟，妳要乖點。」

米凡歪了歪頭，茫然的猜測著他的意思。不過還沒想出個所以然來，他就已經離開了。

米凡拉了拉裙子，跳到地上。這間房間給米凡的感覺很不一般，她在原地繞了一圈，卻沒發現有什麼不同的地方。她困惑的揉了揉臉，決定不去糾結沒意義的問題了，反正是加萊帶她過來的，想來不會有什麼問題。

就在她打算再睡個回籠覺，費勁的爬上對她而言略有些高的床時，她忽然明白了這個房間不對勁的原因。

這個房間竟然有窗戶！

不論是加萊的住處，還是冷面醫生的診所，或者漂亮老闆娘的寵物店，都沒有窗戶。之前她還覺得奇怪，可慢慢的她已經不自覺的適應了。

不知道為什麼這間房是例外。

也許是地方特色？

正是黑夜，窗戶外黑漆漆的一片，透進來星星點點的亮光。外面應該什麼都看不見，可是米凡還是好奇的走到窗邊。

那是什麼？米凡使勁將臉貼在窗戶上，費勁的辨認著外面的景象。

外面好像是一個院子，可頂上卻是密閉的。大約一百平方公尺的院子空曠無物，只有中間好像有一座噴泉。奇怪的就是那座噴泉，整個院子只有噴泉邊有幾盞藏地燈，燈光朦朦朧朧的並不亮，但足以讓米凡看清，那噴泉噴出來的水是泛著金屬光澤的黑色。

那黑色的液體落回不大的池子中，濺起水滴，水滴在濺到半空的時候就化為了一團可見的氣體，於是水池的上方都氤氳著一層略帶金色的黑氣。

在朦朧的燈光中，那噴泉就像巫婆熬製毒藥的大鍋一樣神秘又可怖。

米凡越看越覺得陰森森的，可又看不出個所以然來，還是爬回床上睡覺去了。

第二天睡醒的時候，加萊躺在她身邊，閉著眼睛，還在睡夢中。米凡也不知他昨晚是什麼時候回來的，應該挺晚了。

米凡心中不禁升起一股同情。不知他每天都在忙什麼呢？

不忍心吵醒他，米凡一動也不敢動。可這時房間裡卻突然響起了幾聲鈴聲。

加萊驀然睜開了眼。他將手按在耳垂，半闔眼說了兩句什麼。

米凡眼神往窗口瞟去，天色微亮，還很早。她再看看加萊，他眼睛微閉，眼梢一抹睡意尚存。

真可憐，連覺都睡不好。米凡心想。

「你已經到了？」

聽著通訊器那頭卡魯艾中氣十足的聲音，加萊又順道看了看時間，他在心底嘆了口氣，有些後悔要卡魯艾過來了。他不該在走前連米飯的罐頭都不帶的。本想讓卡魯艾來負責米飯今天的食物，誰知他這麼……積極……

卡魯艾出現在房間中的時候，米凡覺得他滿心欣喜、躍躍欲試的情緒都要從他極力裝作淡定的臉上流出來了。

看起來是沒什麼正經事，他取出比昨晚更豐富的飯菜時，米凡更鄙視他了。果然是個傻小子，真沒眼力，來送飯也看一看時間啊！把還睡著的人吵了起來，他再怎麼努力，也沒法讓被吵醒的人對他滿意呀！不過他做的食物還是很好吃的，對於這一點，她倒默默點了三十二個讚。

雖說加萊是要卡魯艾負責米凡的食物，可卡魯艾思索一晚認為這是個機會，於是今早的這頓早餐，他準備的量遠比米凡能吃下的要多。

吉奧韋森還沒醒，鎮長提供的早餐自然還沒準備好。在卡魯艾極力的推薦下，他如願以償，讓加萊和米凡分食了他帶來的飯。

「加萊少爺，還合您的胃口吧？」卡魯艾滿懷期待的問。

大部分的菜都符合他的口味，加萊拋掉心底原有的一點尷尬，讚賞的點了點頭。

卡魯艾立刻低下頭，掩飾住想開心笑出來還用力憋住於是格外扭曲的表情。

「今天我要去地下開採區，你來照看她一天。」用過飯後，加萊對卡魯艾吩咐道。

卡魯艾露出了為難的神情，「可是……我今天也要去地下開採區。」

加萊頓了一下，「那你帶上她。」

「哎？！」卡魯艾震驚的瞪大眼，注意到加萊有些不悅時，連忙把嘴合上，「可、可是上司會扣我薪——呃——」

加萊一個冷眼扔過去，卡魯艾立刻閉嘴，心裡瞬間轉了幾個圈。讓她單獨待著就不放心嗎？重視到這個地步，看來他討好的對象又多了一個。可是他那更年期的上司不是母虎尤勝母虎，他可不敢在她眼皮底下逃工。

加萊招手要米飯到他跟前，傾身幫她擦了擦嘴角黏著的渣滓，同時對卡魯艾說道：「等會兒你不用跟著你上司，帶著米飯，直接跟我走。」

這意思也就是：不用管別的，我罩著你。

自動翻譯了加萊的話的卡魯艾忙激動點頭。加萊少爺可是能源部的副部長啊！如果是他這麼說的話，他的上司一句不行都不敢說出口。

***　***　***

米凡覺得卡魯艾抱得她不大舒服。她不明白加萊為什麼要卡魯艾抱著她，不過等所有人聚集，加萊身後跟上了近十個人時，米凡就明白這大概是比較正經的場合，加萊再抱著她並不合適。

可是卡魯艾雖然和加萊隔著不遠不近的距離，但所有人到達時的第一眼都是投在她身上的。加萊在飛船上出現時，小道消息就已經傳遍了，所有人都知道新副部長帶著自家寵物上了飛船，此時自然沒人不長眼的去問卡魯艾。

地下開採區雖然也在地下，但和博索萊伊區的地下中心完全不同，這裡沒有寬闊的街道，沒有乾淨的商店，它就只是一個巨大的工廠。

米凡被帶出瞬移區的時候，在眼前延展開的就是沒有盡頭的狹窄逼仄的通道，上下左右都是嚴密的金屬板面鋪就而成。不知何處照射出冰冷冷的光線，使這條長長的通道顯得很冷酷。

沒有人說話，十個人也只發出極細微的腳步聲，米凡也不由得放輕了呼吸。

不知寂靜維持了多久，通道終於到了盡頭，低沉震顫的聲音越來越明顯，視野一下子開闊起來。偌大的大廳中滿是人，他們大紅大綠的髮色讓在通道中深感冷寂的米凡覺得突然回到了人間。

加萊一隊人的到來讓本就安靜的大廳更是落針可聞，所有人在他們走過的時候都自動讓出了一條寬寬的過道。

米凡目光從一張張低垂的面容上掠過，他們都有著同樣豔麗顏色的髮色，穿著統一的灰色工人服，臉上一律恭謹默然的表情。米凡幾乎是立刻想起了第一次外出時，被爆了頭的那個紅髮男子。

他們走到大廳盡頭的時候，迎上了三個穿著藍色制服的男人，他們的頭髮都是銀色的，地位顯然比站在大廳中的那些人要高。米凡伸了伸脖子，想聽聽加萊停下來和他們說什麼。一直很安靜的卡魯艾好像害怕她跳下去似的，連忙縮了縮胳膊，一手按著她的頭把她壓回他懷裡。

米凡皺著臉扭著身調整了一下姿勢，從前方兩個人之間的空隙裡看見了那三個制服男對加萊鞠了一躬，將手按在他們身後的門上，輸入了一行口令。

他們到底要去什麼地方？米凡覺得那應該不是多麼好玩的地方。

這時兩側穿著工人服的人也沉默的動了起來，魚貫進入兩側打開的小門。

米凡探頭去看，那小門內透出盈盈的暗金色光。

她一直在卡魯艾懷裡扭來扭去，卡魯艾煩惱的嘆了口氣，把她放在地上，捏著她的臉頰悄聲說道：「喂，妳老實點啊！不然我就把妳夾在胳膊窩裡走！」

米凡晃著腦袋，從他手中掙脫出來，不爽的叫了一聲。

加萊聽到她的聲音，隔著數人遠遠的看了她一眼。米凡還沒察覺，卡魯艾就趕緊把她抱了起來，小聲道：「哼，要不是加萊少爺吩咐，我才懶得管妳呢。」

加萊看著卡魯艾低聲和懷中的嬌小寵物說著什麼，然後食指戳了她一下。隨著那根手指落在米飯的額頭上，一種微妙的煩躁感從他內心深處升起。

加萊停頓了一下，才將目光重新放在恭敬的側身請他先行的監控員身上。

再往前就是抽提運輸區域了。加萊收心，將心緒放在那裡出現的問題上。

離抽提中心還有約20卡羅的距離，兩側是透明的牆，可以看見那些三級人換上了專門的工作服，向抽提中心走去。他們都受過專門的培訓，任務是進行儀器的維護和資料獲取。

加萊淡淡的掃過他們，這些工作需要近距離接觸超液金，所以這個星球上，只有他們可以幹。

米凡剛剛被卡魯艾戳了一下額頭，就立刻以其人之道、還治其人之身，拿爪子撓了他一下。卡魯艾瞪她，嘀嘀咕咕很不滿的對她說了些什麼，氣哼哼的帶著她快走了幾步，趕到加萊身後。

加萊立刻回身看向米飯，似乎正準備在她看向自己時，將她從卡魯艾懷中接過來，可米飯的注意力卻被身側展示臺所呈現的景觀吸引了過去。

第十章 被扔下了

That's not easy
to be
moe animal.

站在長長的展示臺前，那些密密麻麻的無數管道看得米凡暈了頭。

那些粗大得彷彿千年老樹的管道，在米凡視線可及內就足有數千之多，充溢著黑色的液體。米凡在卡魯艾胳膊中將半邊身扭過去，朝下看去。盡頭是一個黑黝黝的黑洞，無數的管道伸展向下，猶如觸手猙獰著抓向地心深處，泛著金色的液體源源不斷從這個星球的深處被抽提上來。

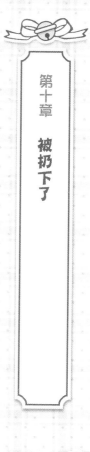

米凡看得忘了眨眼。這是在開採資源嗎？這種毫不節制、強盜似的開採方式，真的不會將這個星球掏空成一顆乒乓球嗎？

米凡恍然覺得，這無數的管道就如同星球的血管，將它的血液持續不斷的抽出。不知何處而來的低沉聲響砰砰的持續著，就像是這顆星球的心跳一般。

一陣暈眩，米凡撇過了臉，不想再看。

可這時，幾聲從喉間發出的低低的驚嘆聲傳進了她耳中，米凡忍不住又將臉轉了回去。

她明白剛才在通道內就聽到的砰砰聲是怎麼出現的了！

就在她一轉頭的瞬間，那些管道中竟出現了無數的紅點，一眼望去，就像夜空的星星閃著紅光。

可那並不是星星，而是眼睛。這些不明生物有著半透明的身體，像水母一樣從地底順著管道向上浮去，傳來的響聲就是牠們碰撞管道發出來的。

米凡感覺卡魯艾抱著她的胳膊緊了緊。

「這些目魯拉的眼睛，怎麼變成紅色的了？」卡魯艾低聲凝重的說。

加萊目色深沉，定定的看著，問道：「變異已經發生多長時間了？」

「六天了。一開始只有幾個個例，就在三天前突然爆發。一直以來，我們都在對目魯拉進行清理，防止堵塞管道，近年來已經極少見到目魯拉了，我們不確定牠們數量的爆發和變異有沒有關係。除了眼睛變成紅色，牠們的性情似乎也開始狂躁。但除此之外，我們得不到別的資訊。」

跟隨在側的觀察員回答加萊。在加萊投來一個略帶冷意的視線後，他急忙補充道：「目魯拉本來就有腐蝕性的劇毒，我們根本沒辦法直接觸碰牠們，以前處理目魯拉的辦法也在牠們變異後失效了。唯一可以採用的辦法又有危險，他們不肯去做。」

「誰不肯去做？」加萊的語調有微妙的上揚。

觀察員朝另一頭表情木然的三級人指了指，「那些三級人是這個星球的原住民，所以和這裡的環境有極高的協調性，超液金對他們而言是無毒的，以前的目魯拉也只有他們可以接觸，雖然也會對他們的身體造成一定的傷害，但必定在可治療的程度內。這次目魯拉變異，經過我們的估測，三級人仍有一定的抵禦能力，可惜他們沒人肯去冒險。」他微微聳了一下肩，「按照吉拉德區的種族權利保障法，又不能強迫他們去做。」

加萊看著他們思索了一會兒，說：「不能強迫，就拿出一筆懸賞金。這麼多人，總有願意為財冒險的。」

「開採區的資金是由上面分配管理的，我們怕是無權調用，這筆懸賞金……」

加萊斜了他一眼，「不用你費心。」

觀察員舒了口氣，「那我這就去安排。」

加萊猜得不錯，十萬鐘珈的懸賞金拿出來，果然有三個人報了名。經過安排，四個時刻後他們將開啟備用管道，捕捉變異的目魯拉標本。

趁中間的安排時間，加萊將米飯帶回了暫住的住處。他預感接下來怕不是太容易解決的，到時一片混亂，還是讓她待在住處比較好。

臨走時仍是不放心，他便叫來了卡魯艾，讓他看著米飯。

卡魯艾雖然有些不情願，可還是一口就答應了。

加萊將趴在窗前的米飯抱起來，近距離盯著她的眼睛，嚴厲的說：「外面會比較亂，別亂跑，好好在屋裡待著。」

少見的訓誡語氣讓米凡愣了一愣，還沒反應過來，就被放了下來。

有些幽怨的看著加萊離開，卡魯艾回身不滿的瞪了米凡一眼，「本來我也要跟著加萊少爺去處理目魯拉的，這下可好，要陪著妳在這小屋裡不知道待多長時間。」

他那一副怨婦表情讓米凡翻了一個白眼。

卡魯艾唉聲嘆氣的坐到一邊，打開電視開始不斷的換臺。

在一會兒是男主播聲音冷峻的播報新聞中，一會兒是電視劇中宇宙戰艦開打砰砰啪啪的背景聲音中，米凡趴回窗邊，繼續看著院中的那座噴泉。

怪不得那些管道中的液體看起來那麼熟悉，和這座噴泉噴出來的是一樣的吧。

泛著金色光澤的黑色液體從深深的地心而來，無聲的噴出地面，然後化為一團虛無的氣體。看著看著，噴泉忽然停下來了。米凡剛一愣，噴泉口又斷斷續續噴出了幾道，然後留下平靜的一池黑水，不再噴出了。

米凡猜測，這座噴泉可能是和上午她去看的那個開採地方的管道是連著的，現在噴泉停了，是不是那邊也出現了問題？她走到盯著不斷變換畫面的電視的卡魯艾身邊，想拉他讓他看看那噴泉，可卡魯艾卻忽然跳了起來。

與此同時，房中響起了刺耳的警報聲，響了十多下後，驀然停下。

「出事了！」卡魯艾打開一道隱在牆上的門，一條走廊出現在門外。本該十分安靜的走廊上，陸續跑過了幾個人。

「喂！怎麼了？」他攔住一個人問道。

「管道破裂，超液金溢出！目魯拉也跟著跑出來了！」那人話還沒說完，就跑了出去，「那邊在緊急通知了，快過去啊！」

卡魯艾聽完想都沒想就跟著在走廊上跑了起來，但跑沒幾步遠，他又跑回房中。一踏進房門，米凡驚惶無措的臉就撞進了眼中。

「喂，聽著，老實待著！加萊少爺那邊遇到麻煩了，我得去幫忙，妳乖一點，別亂動！」

卡魯艾抓著米凡的肩膀急匆匆拋下幾句話，把她扔在原地就跑掉了。米凡茫然看著他碰的一聲關上了門，那門漸漸的隱在了牆上。

心頭的不安越來越強烈。出大事了，加萊不在，卡魯艾也扔下她離開了。

她轉臉看向卡魯艾離開時沒關掉的電視，正在分析當季流行元素的女主持人精緻的面容閃了兩下，消失了。房中頓時陷入一片寂靜中，米凡的臉色難看起來。

太過的安靜使人更加心慌。米凡試圖使自己定下心來，她在房中走了幾圈，然後一屁股坐在地毯上。不管發生了什麼事，她也只能相信卡魯艾把她留在這裡是經過考慮的。情況不明，她可不能貿然出去，外面肯定更加危險。當然，她也不知道怎麼出去。

現在只能祈禱自己在房間中足夠安全了。

米凡坐立不安的等著，這時候時間就過得特別的慢，米凡此時的心情，更讓她倍受煎熬。坐不住，她又蹦起來，貼到窗戶口試圖獲得一些消息，院中的噴泉還是靜悄悄的，院子上方密閉著，看不見天空，一片安靜。

就在米凡放棄、繼續回房間轉圈時，隔著窗戶，忽然爆發出一聲極大的響聲。

米凡被嚇得渾身一震，慌忙轉頭，便看見院中的噴泉朝天噴出了一道粗大的黑色水流，瞬間就流了一院子！米凡心一跳，隨著那黑色液體噴出來的，還有許許多多墨色的半透明的生物，牠們如同水母一般，在空中舒展柔軟的身軀，紅色的眼睛一閃一閃，就像米凡印象中機器人的眼睛一樣。

米凡慢慢的退了一步，自我安慰道：沒事，不過是會飛的水母而已，外星的窗戶肯定不是一般的玻璃，牠們進不來的。

下一秒，那些水母彷彿商量好了一樣，突然集體朝四面撞去，砰砰砰好幾聲，同時有四、五隻撞到了米凡房間的窗戶上。那些柔軟的身體，意外的十分強韌，慣性讓牠們的身體全貼在了窗戶上，紅色冰冷的眼睛在淡墨色的身體上尤其顯眼，似乎全都在盯著她。

米凡大喘了一口氣，嘴角扯出了一個連哭都不如的笑容，「你們厲害……」

牠們是發狂了吧！

在牠們持續不斷的撞擊下，米凡一退再退，背抵住牆，她覺得自己還是到床上去，拿毯子裹住頭什麼都不看的好，這樣對她的心臟比較有好處。

這時，忽然多了好幾隻目魯拉一齊撞了過來，突然變大的一聲巨響讓米凡猛地往後一縮。

「哎呀！」背後一空，米凡屁股著地，摔倒在地上。

她捂著後腦勺坐起來，發現自己被摔到了走廊上。她站了起來，站在門外朝房裡看著，那些發狂的水母仍在拚命到處撞擊著，但站在走廊上，那聲音小了很多。

怎麼辦？還要進去嗎？米凡趴在門框上猶豫著。還是……找個安全點的地方待著？既然都已經出來了……

她朝兩邊看去，走廊兩邊都是光潔的牆壁，米凡猜門都是隱藏在牆壁上的，只是她看不見，而盡頭，只有白色朦朧的光，看不清那邊有什麼。

要過去看看嗎？米凡仍下不了決心。

在她遲疑不決的時候，右邊忽然傳來了一陣跑步聲，緊接著她的後衣領就被一把抓住，對方把她提了起來。

「這是誰家養的？」提著她的那人一邊不停腳的快速向前跑著，一邊微微喘息著說：「怎麼到處亂放。」

啊咧？米凡被勒得脖子疼，費勁轉頭，卻只看見一個下巴。

她在那人手中隨著他的腳步搖搖晃晃，走廊盡頭的白光越來越明亮。

原來是間會客廳。米凡被放下來，好生鬆了一口氣，她摸摸脖子，急忙回頭去看把她拎到這裡的那人。

「妳是誰家的？啊對！妳是副部長帶過來的！」說著，一隻手按在了她頭頂，壓得她抬不起頭，也看不到他的臉，便又聽他說道：「別跑丟了，找條繩子拴起來吧……呃，誰打的電話？喂？啊！是！我馬上就到！」

頭頂壓力一鬆，米凡忙朝那人看去，卻只看見了一個飛速跑走的背影。

米凡茫然的眨了眨眼，這人把她帶到這裡又跑掉，是什麼意思？

這會客廳中空落落的沒有一個人，米凡好奇的四處張望，這裡很安靜，讓她覺得安全了許多。她找了張大背椅坐上去，雙腳懸空輕晃著。可不一會兒她就火燒屁股一樣跳了下來。

安全個屁啊！有一隻水母飄過來了啊！

米凡跳到地上，調頭就跑。她緊張中也沒看清方向，莫名其妙就不知從哪個出口跑了出去。身後的目魯拉雖然看起來慢悠悠的，可米凡卻實在不敢小瞧牠們，埋頭向前跑。

一口氣奔了五、六十公尺，等再抬頭，米凡就愣住了。

一瞬間她還以為回到了當初從飛船上摔下來的那一刻，舉目皆是一片銀灰色的平滑地面，上方是透明藍色的天空。

不同的是建築物比較少，稀稀落落樹立在不同的地方。

她轉了一圈，沒看見水母的影子，原本跟著她的那隻也不見了蹤影，或許是被她甩掉了吧。

米凡撫了撫胸口，她想那些水母可能已經闖進了建築裡，現在看起來這些建築和外面都是隔離的，而水母是從內部的噴泉中沖出來的，這樣看，反而是外面比較安全。

所以先在外面待一會兒嗎？米凡想回到住處外等著，這樣有人來找她的時候一眼就能看見她了。

好在四處的建築稀少，不至於認不出她是哪兒跑出來的，米凡便蹲在牆角呆傻傻的等著。

無聊之下，她開始思考這顆星球的建築為什麼都這麼奇怪。

不是很沒道理嗎？明明房屋之間離得並不遠，只要走出去就可以串串門了，加萊他們卻極少走出去，幾乎都是用瞬移的方法外出。犯得著嗎？而且他們不開窗戶，不喜歡自然光還是不喜歡外面湛藍的天空？

這些建築的密閉性讓她幾乎要產生錯覺，好像外面有狼豺虎豹，所以要隔絕起來。

……不，不是錯覺。米凡眸子猛地睜大，扶著牆站直了身。

天際線出現了一道黃色的線，以極快的速度擴張並且占滿了半邊天空。米凡仰著頭看了一會兒，突然明白過來：那是沙塵暴！

尼瑪啊這邊是什麼破環境，不僅有可怕的生物還有沙塵暴啊！明明上一刻還天朗風清的！身邊的風捲著她散著的頭髮，抽得她臉疼，米凡立刻想回到房屋裡。

——可是，她進不去了。

米凡手貼在光滑略有些冰涼的牆面上，目瞪口呆的發現，她不知道自己是怎麼出來的，也不知道要怎麼進去啊！

她急忙回頭，黃色的猛獸正張狂而來，她身邊的空氣已經颳來了砂礫。不行，繼續在外面待著的話，即使不被捲跑也會被沙子埋起來的。必須得找個地方躲起來！

米凡又使勁砸了幾下牆，沒有任何反應後，她略有些絕望的向外走了幾步，在狂風中眯著眼費力尋找著可以躲避的地方。

觸目所及一片昏黃，可以看見的幾處建築都光溜得好像一塊鵝卵石，別說躲了，就連扒著都下不了手。

她錯了，她不該跑出來的！當時她找張桌子鑽下去說不定就能躲開那隻水母的，也不一定會傷到她，可她現在……卻是避無可避！

視線前越來越昏黃，空氣也越來越渾濁，一吸氣就吸進一鼻子的沙子。米凡不敢亂跑，緊貼著牆縮著身，把臉埋在膝蓋中。

可風越來越大了，吹得她幾度差點仰面倒下，米凡別無他法，只好趴在地上。可這樣也不行，很快的厚厚一層沙子就堆在了地上，米凡只好不斷的把身子抬起一點、再抬起一點，避免自己被沙子埋起來。儘管這樣，不多時，她的腿已經被完全埋了起來。

米凡雙手捂著口鼻，被風颳得睜不開眼睛，可仍能很清楚感覺到下身被埋的重壓感。

快停下快停下快停下！米凡在心中瘋狂的叨唸著，在她被全部埋在沙中之前停下來！

可這場沙塵暴的時間卻太長了！

當沙子埋到她的腰時，米凡想動也動不了了，死亡的恐懼像藤蔓一樣將她的身心都緊緊纏住了。她在心底瘋狂的怨念著那些外星人，明明擁有遠超地球的科技，為什麼不肯好好的治理環境！

再過一會兒，等沙子埋到胸口的時候，她會開始呼吸困難；等沙子埋到脖子的時候，她就會連轉頭都不能了；然後風再吹一點點，沙子再積一點點，她的嘴巴和鼻子就會灌滿沙子，然後……她就會死了！

她要死了！

米凡嚇得心都陷入了絕望的深淵中，她費力的扭著身，想將腿從沙子中拔出來，可太困難了，她反而因為失去平衡，上半身趴在了沙子上。一瞬間，她想不管不顧的哭出來。

她真的要死了！可她還想活著，好好的活著！

趴在沙子上，她努力抑制住哭泣的衝動，將注意力集中在下半身。再試試，說不定能拔出來。

不行不行不行！她崩潰的尖叫了一聲，頓時吃了一嘴的沙子。

「嗚……」米凡垂下頭，緊緊的閉上眼睛，絕望和恐懼讓她真想將自己撕碎。

「米飯！」

隨著熟悉的呼喚，她的腋下插入一雙手。

米凡渾身一抖，不顧風沙撲面抬起臉來，眼淚頓時流下了眼眶。

「咪……」

加萊在風中瞇著眼睛，想將她抱起來，卻發現她被埋得太深，只好一邊用身體擋住風沙，然後徒手將沙子扒開。費了些力氣，他才將米飯從沙中抱出來。

來不及訓斥她，他先抱著她快速返回了房間中。

一碰到加萊的身體，米凡的眼淚就像潰了堤的河水一樣嘩啦啦流了滿臉，她一邊哭得打嗝，一邊手腳俱上將加萊緊緊抱住，死也不鬆手。

加萊本是一臉黑沉，可她的眼淚順著脖子流到了他衣領下，又緊緊的趴在他身上，一副被嚇壞了的樣子，想起找到她時被埋在沙裡無助的模樣，又覺得讓人心軟。

加萊讓她哭了一會兒，然後硬將她從身上扒下來，冷著臉訓道：「為什麼跑出去！不是讓妳好好待在房間裡嗎？！」

米凡忙著擦眼淚擦鼻涕，低著頭，肩膀一聳一聳的。

加萊厲聲說：「為什麼不聽話！」

米凡嚇得猛一抬頭，一張混著砂礫和眼淚的花臉讓加萊差點撐不住嚴厲的表情。

米凡猜不出他在說什麼，可大概也猜到他在責罵自己跑出了屋子。死亡線上跑了一趟，雖然自覺這件事自己有錯，可心悸還未平，就被如此嚴厲的罵了一頓，此時格外脆弱的米凡鼻子一酸，眼眶中頓時又聚滿了淚水。

瞧著那雙水汪汪的眼睛，加萊試了幾次，終於還是放棄在這時候教育她了。

算了。他接過卡魯艾小心翼翼遞過來的毛巾，仔細的幫她擦了擦髒兮兮的臉，一邊想，等回家後，再好好的教教她。

「加萊少爺……我去看了，房間沒有其他痕跡，不知道她是為什麼跑出去的。」卡魯艾小聲在旁說道。

加萊將髒了的毛巾往卡魯艾身上一扔，在他慌忙接住後，背著手、抿嘴看他，「我叫你看著她，你為什麼擅自離開？離開的時候為什麼不把門關好？」

卡魯艾吶吶的說不出話來。

加萊聲音一沉，「回去後寫三萬字悔過書，扣一個月獎金！聽到了嗎？！」

卡魯艾顫了顫，猛地挺直背，「是！」

與此同時，米凡打了一個響亮的淚嗝。加萊板著的臉一怔，接著無奈的嘆了口氣。

「行了，沒事了，你回去吧。」

讓卡魯艾離開，加萊有些嫌棄的看著米飯沾滿了砂礫的衣服和皮膚，而他之前抱了她一次，身上也已經髒了，這樣想想，加萊便不大在意了，俯身將還在抽噎的米飯抱起來。

回到房中，他脫了外套，先將米飯拎到了浴室中，親手將她從頭到腳好好清理了一遍。

不知是不是被嚇到了的緣故，加萊覺得這時的米飯格外溫順，雖然仍在時不時抽噎一聲，但每個動作都很配合他。等洗完，他用大毛巾裹住她，把她抱上床，她仍十分乖巧的垂著尾巴和耳朵，半點多餘的動作也沒有。

看著坐在床上垂著腦袋的小寵物，加萊不由得又嘆了口氣。

地下開採區那邊管道意外破裂，一堆目魯拉逃竄了出來，好不容易解決，還沒喘口氣，一回頭他就看到了本該在米飯身邊的卡魯艾。

當時他就隱隱覺得不好，等回去後，果然找不到她的影子了。

本來是生氣的，可找到她後，他卻發不出脾氣了。

罷了，她又聽不懂他的話，也許是受驚才跑出去也說不定。加萊俯身輕輕順了順她柔軟的頭髮。

但是這次如果不是他及時找到她的話，再耽擱一會兒她怕就沒命了。這也算是一個警告，不能再縱容她了，起碼要聽懂簡單的命令才行。

等回去後，帶她去參加培訓吧。

第十一章　我是寵物？

That's not easy to be moe animal.

洗過澡，渾身舒舒服服裹著柔軟的毛巾，米凡坐在乾爽的床上，低著頭，覺得眼睛一定腫成了大水泡。

大哭了一場，心裡好受了許多，但是想起自己竟然哭成剛才那個德行，她又不好意思起來。她是想表現得堅強一些的，但獲救那一刻心弦一鬆，一直努力壓制的各種恐懼和不甘像衝破了大堤的河水一樣，混著各種強烈的情緒將她徹底沖垮了。

當時覺得下一秒面臨的就是死神，但現在坐在安靜明亮的房間中，嗅著沐浴乳的香味，她又覺得那時的遭遇並不是很險惡了。

她悄悄抬起頭，得救後第一次正眼看向加萊。不知道他有沒有覺得她替他惹了麻煩？眼前加萊的衣角一晃，他坐在了她的身邊。米凡隨即偏過頭看著他。可他明明知道她在看著他，卻一直面朝前方，甚至打開電視看了起來。

米凡有些忐忑起來，這是什麼意思？

她抿了抿嘴，跪坐在床上，蹭到他眼前。加萊把臉微微一撇，看向一邊。她頭跟著伸過去，他接著向旁邊轉了一點角度，就是不和她的目光接觸。

默默的流下一滴汗，她放心了，看起來不是會懲罰她的樣子，但還是……生氣了？不，更像是鬧彆扭啊！

大概是為了表達他對她犯的錯誤的態度吧？米凡摸了摸臉，訕訕的坐回一邊。

加萊眼角餘光看到米飯縮了回去，心中琢磨，看來冷淡的態度她是能感受到的，要用這種方法讓她知道錯了。一邊默默這麼想著，加萊將視線調回前方容妝精緻的女主播身上。

「今日，由於對待遇不滿，以塔依坦區清潔部的十二名員工為首，煽動近千名暴民發動暴亂，導致三人死亡，數十人受傷，塔依坦區南部交通中斷，至今已造成了二十千株鐘珈損失。第二部隊直接接受最高司令指示，至塔依坦區進行維穩。一時刻前我們剛得到消息，目前塔依坦區的形勢已得到控制，暴民已全部剿滅，目前已開始對這次暴亂的幕後指使者進行追查。參加此次維穩的領軍少將將授二等功勛。」

女主播美麗的臉上表情冰冷，她身後連綿一片熏黑的殘垣斷壁無比真實的在房間中呈現出來，那是一段塔依坦區交火時的片段，平靜的背景下，不斷交織著悶響的炮火聲。

加萊平靜的看著這則新聞。伊凡夫雖然年輕，但已經參加過兩場與溫恆星系的宇宙戰爭，一個由三級人發起的小小騷亂而已，還不足以使伊凡夫頭疼，這次暴亂的結果對加萊而言也是理所當然的。

房間中的背景忽然變幻，充滿了一群淡墨色在半空遊動的目魯拉。那真實的紅色眼睛閃著機械的光，米凡無意看了一眼，嚇得一個衝動差點想跳下床。

「吉拉德區報導。位於吉拉德區的超液金開採區發生管道破裂，大量目魯拉逃逸，能源部已派人到場處理，並無人員傷亡。開採區負責人表示，開採區已啟動應急措施，外溢的超液金已得到處理，不會對環境產生影響。」

女主播頓了頓，開始播報下一則新聞。

一場生物變異搞得整個開採區兵荒馬亂的事件，就在這樣短短幾句的解說後結束。而且也並非沒有人員傷亡，其實在追捕逃逸的目魯拉時死了七個三級人，儘管開採區會給他們的家人一筆補償金，只是他們通常都不會算在「傷亡人員」中，只有元族人才有資格被上報上去。

這是默認的共識。

加萊想起吉奧韋森在將要帶去研究院的兩隻目魯拉封藏時，意味深長的說：「這次變異恐怕不會是單獨的事件。」

加萊興致缺缺的關了電視。

再上飛船，米凡一點也沒有來時的興趣，加萊還是不跟她說話，態度冷冷淡淡的。

雖然平時他跟她說話她什麼也聽不懂，可是要真的不理睬她的話，米凡就覺得什麼都不敢做了，他抱著她她不動，把她放下她就到不礙事的地方待著，既然他現在不滿，那她就努力將多一事不如少一事的原則貫徹到底。

加萊將她抱上飛船，把她放下後就沒再理她了。

米凡氣場低沉的縮在一邊，在心底悲嘆著寄人籬下、看人臉色的自己真是太可憐了。

沒一會兒，門忽然被敲響了，加萊抬起頭，打開門，卡魯艾縮著頭站在門外。

「加萊少爺，我寫好悔過書了。」

加萊淡淡的嗯了一聲。

卡魯艾五官皺成一團，哀聲說：「加萊少爺我知道錯了！」

加萊仍舊淡淡的說：「知道了。」

這副口氣！卡魯艾心中流淚。還是沒原諒他嘛！

他勇敢的努力爭取贖罪機會，吶吶說：「那個……還需要替米飯準備食物嗎？」

加萊愣了一下，回頭去看米飯，結果在角落中看到了可憐兮兮縮著的她。他怎麼覺得她看著卡魯艾的眼神，充滿了同病相憐？

他輕咳了一聲，「去吧。」

「是！」卡魯艾立刻精神抖擻的應了一聲。

哎?出事的時候這傢伙把她拋開自己跑走了，後來被加萊用很冷的語氣訓了幾句，米凡還以為他和她一樣也會受到加萊的懲罰呢!結果幾句話他就開心起來了啊，看起來加萊不跟他計較了。

果然只有她最慘了。

米凡抱著膝蓋，耷拉著嘴角。她正幽怨的時候，一股香氣幽幽的飄進了鼻子裡，不用抬頭都知道是卡魯艾來了。

她從眼皮底下看了他一眼，這傢伙舉著食盒殷勤的蹲在她跟前。

米凡垂下眼，沒有動作。衣食父母不發話，她就不吃!

卡魯艾嘴角彎彎，柔和親切的看著她，心裡卻在狂唸：喂妳倒是吃啊!加萊少爺看著呢!

可惜米凡完全沒接收到他心中的怨念，把頭撇到一邊，看都不看一眼。

加萊站在一旁看著，見狀挑了挑眉，說：「米飯?」

米凡悶悶的瞧了他一眼。

那幽怨的小眼神，加萊沒忍住，嘆著氣露出了一個微笑。上前接過食盒，他蹲在米飯面前，輕聲說：「妳要是不吃，我就讓卡魯艾拿回去了。」

米凡咬著嘴唇，沉默的看著盒子裡香軟的食物。哼，既然你親手端過來了……她伸出手接了過來。

卡魯艾趁機奉承道：「她還是親近加萊少爺。」

當然。加萊默默的想。

卡魯艾走後，加萊笑著坐在米凡面前，一手撐著下巴，就這樣看著米凡進食。

米凡頂著頭頂的目光，越吃越慢，越吃越慢，終於活生生把自己噎住了。

「呃——」米凡梗著脖子，一個勁的拍胸口。正噎得眼淚都出來了，一隻手在她背後輕重得當的拍打起來。那口食物慢慢的滑下了食道，米凡用手背擦了擦眼睛，低頭接著吃。

「行了。」加萊從她手裡拿走差不多快清空的食盒，「差不多了，不許吃了。」

米凡的視線默然的跟著那食盒，倒也不爭不搶。

加萊歪著頭打量著米飯臉上的神情，半晌才笑著慢慢道：「不會是跟我鬧彆扭吧？」

米凡自然不知道加萊一語道中了真相，她正用「我很正常、我很淡定」的目光平靜的與他對視。

加萊搖了搖頭，俯身朝她傾下。

咦？米凡臉色一變，就被加萊抱了起來。他並沒有把她抱入懷中，而是夾著她腋下伸直了手臂，與她視線平行對視著。

那雙黑溜溜的眼珠裡瀰漫著疑惑。

加萊忽然斜挑了一下嘴角，猛地把她往上空拋去！

「咪啊！」視線猛地一變，米凡急忙閉上眼，感覺身體被扔上去，又立即往下墜去。

要摔爛屁股了啦！這個念頭一瞬間占滿米凡的腦袋。就在這時，身體又被一雙有力的大手接住。

米凡心有餘悸的慢慢睜開眼睛。加萊正含笑看她，米凡覺得他的笑實在壞得有痞子風範，被嚇到的米凡就在心底憤憤的叨唸了兩句。

誰知加萊好像聽到了她的心聲一樣，抓著她胳膊往上一揮，作勢要再扔她一次。米凡嚇得立刻抱住了他的胳膊，緊緊的閉著眼睛。可是等了半天，那雙手仍牢牢的抓著她……米凡轉過念頭來，她被耍了！

「嗚！」米凡立刻控訴的瞪向加萊。

「害怕了？」加萊笑著說，同時輕輕一使力，輕鬆的把米飯拋到了半空。

「咪——」米凡尖叫出聲。

加萊哈哈大笑，張開雙臂，把米飯結結實實的接在了懷中。

＊＊＊　＊＊＊　＊＊＊

等回到博索萊伊區，米凡深深的覺得她半年之內都不想再出門了，就讓她成為一個生活在外星的宅吧！

而加萊回到家之後先回部門處理積累的事務，忙碌了幾天，等清閒下來時他愕然發現，只不過幾天，米飯就好像長了一大截，臉上的嬰兒肥也消了一些。

他不禁感嘆成長期的小馥長得可真快。

他招手讓米飯到他跟前，伸手掐了她的臉蛋一下。等米飯捂著臉嗚了一聲，他收回手，背靠在沙發背上，認真的想：努力把她餵肥一點吧，還是臉肉肉的捏起來手感好。

他忽然想起什麼，調出網路，搜索出了幾個專業培訓寵物的學校。看了良久，最後他的目光定格在這樣一條廣告上。

「易迪寵物培訓學校，七百二十年悠久歷史，擁有豐富的寵物訓練經驗，二十七名專業訓導師，五名具有哈緹星系蓄寵聯盟認證的高級導師，全心為您提供專業、全面、優質服務，可幫助您的寵物建立良好生活習性，服從簡單口令，並建立對主人正確、親密的服從意識。我們將為您提供七天、三十天和半年期限的培訓期。在此期間，您可和您的寵物一起建立融洽的主寵關係。」

加萊沉吟了一會兒，打開這個學校頁面上掛著的連結，輸入了報名資訊。

在外面身心都慘遭蹂躪，等回來了米凡才發現自己竟對這裡有了回家的安心感。而且心裡一踏實，胃口就特別好，米凡自己對著鏡子也看出了變化，果然已經不是她本來的身體了，這長身子的速度是野草狂長呢！

她本來是想死宅在屋裡吃飯睡覺趁加萊不在偷看電視，把大好時光揮霍掉的，可是沒過幾天，加萊就又帶著她出門了。

不要啊！米凡趴在他肩膀上，悲痛的閉上了眼。

加萊帶她登上了一艘小型飛船，在米凡還沒回過味的時候，就停了下來。

這次又要去哪裡啊？老帶著她這個廢材出門不嫌麻煩嗎？

加萊抱著她下了飛船，到瞬移點傳送後，才到了目的地。加萊略有些吃驚的打開地圖查看了一下，才確定就是這裡。

米凡抿著嘴，轉頭向後看了一眼，本以為入目的仍會是那些冰冷冷的建築，誰知竟是一大片鬱鬱蔥蔥的林子！

樹影斑駁，綠草如茵，叢叢鮮花點綴在草坪上，米凡還聽到了此起彼落的清脆鳥鳴。

米凡呆怔的眨了眨眼睛，又抬頭看了看頭頂，還是人造的穹頂……是在地下沒錯，可那片樹林的上方卻是一片透亮的藍色天空。

米凡張了張嘴，又閉上了。這裡是外星嘛，出現再奇怪的場景都不稀奇，嗯，很正常很正常！

一邊擺出淡定的樣子，她的眼仍牢牢鎖在那片樹林中。好久沒見過鮮花綠葉了，這一片鮮亮的景色，和散發著的綠草味和花香味，都讓她從心底產生了親切感。

回歸大自然了嘿！

米凡的視線貪婪的從在風中輕搖的樹頂滑到在陽光中綻放的花朵，茂密的樹後，座落著幾間紅色屋頂的小樓。她還在仔細打量著，加萊已經邁開了步子。

米凡心中充滿了好奇。這個特殊的地方是幹嘛的？

穿過草地，三座紅色小樓映入眼前，她沒來得及觀察那小樓的形狀，就被樓前的草坪吸引住了。

呃……這裡是動物園嗎？

米凡吃驚的看著在草坪上或坐或立的七、八隻動物，還都不是同一個物種的，有長得奇形怪狀的軟體動物，還有毛茸茸的小貓……咦？不是，小貓的頭頂是不長角的。

米凡一直到加萊走進小樓中看不見了才將頭轉回來，然後便看見走廊上走來一個穿著粉紅色套裝的漂亮女人。

她含笑迎了上來，「是加萊先生嗎？請這邊來。」

將加萊迎進辦公室，女人邊走邊說：「加萊先生叫我蘇珊就好了，這裡是我們易迪寵物學校的辦公室，呵呵，請坐這裡，我們來簡單的登記一下。」

加萊點了點頭，坐下來，將米飯的一些資訊填了上去。

他寫著的時候，蘇珊歪著頭看著他，等他填完，她開口笑道：「先生，這隻是小馥吧？」

「嗯。」

「那您真來對地方了，我們易迪比其他寵物學校更多的優勢就是對於稀有的寵物也有很豐富的培訓經驗。去年的時候，韋伯家族的小姐就曾帶她的小馥來到我們學校。」

加萊禮貌的笑了一下，隨她來到外面的草坪上。

這時那七隻寵物旁各自的主人也到了，另外還有三名穿著粉藍制服的訓導師微笑著站在一旁。

「那麼，加萊先生，祝您和您的寵物在我們這裡有個愉快的培訓。」蘇珊向他微微一鞠躬，便退下了。

加萊將米凡放了下來，她一著地，就立刻抓住了他的褲腿。被抱著的時候沒有感覺，但是她自己站在地上的時候，忽然發現那個長著花花綠綠斑點的軟體動物特別的高大，比她整整高了兩個頭，疑似嘴的部位正對著她滴滴答答流著黏糊糊的口水啊！

所以說，加萊到底是來幹嘛的？想把她餵給這小怪物吃嗎？

「好了，各位，帶著你們的寵物站成一排，我們首先來測試一下你們和自己寵物之間的親和度。」一個訓導員站出來拍拍手大聲說道。

「讓你們的寵物坐下，好，然後各位站到這裡，試著呼喚你們的寵物。」

咦咦？米凡被加萊按著肩膀坐在了地上，在他走開時急忙站起來想跟上，卻又被他按了回去。

「別動。」他對她說。

一屁股坐在草坪上，米凡眼睜睜的看著他走遠，心底一股不安感。

好在他走到五公尺外就停住了，和其他幾個人站在一起。

米凡掙扎的看著他，她旁邊的那隻斑點軟體動物要把口水滴到她身上了——加萊救我！

「好，各位試著叫你們的寵物到你們身邊來。」

加萊想做什麼？為什麼把她和一堆奇怪的動物放在一起？

「米飯，過來。」

嗯？米凡立刻反應過來，他在叫她？

與此同時，其他幾人也喚了起來。

「炎豚來爸爸這裡～」

「寶貝兒寶貝兒，快過來！」

「旺財，來這裡，看！好吃的！」

米凡瞅見那隻長角的小貓咻的一聲就奔到了一個女孩懷裡。那女孩旁邊的西裝男人手裡拿著一個好大的圓餅乾，正在使勁的揮手，他前面一隻綠色的酷似鱷魚的爬行動物爬爬停停，中途還轉了一個方向往一旁的樹林裡爬去了，把他急得差點想上去把牠拖過來。

而她身邊的軟體大塊頭卻沒有動，仍在滴滴答答掉口水；牠的正前方，一個小個子的男孩一臉發愁的喊著牠：「冰塊、冰塊。」

米凡只是覺得這個讀音很像冰塊而已。

在一陣騷動中，一股違和感不可抑制的湧上了她的心頭。她想了想，又遲疑的看了看專注叫著她的加萊。為什麼覺得有哪裡不對呢？

啊算了，先到他身邊再說。

米凡剛邁出去一步，突然眼前一黑，頭被濕潤溫熱的東西包裹住了，空氣忽然受阻，她的臉被不明液體沾得濕漉漉的。

就在那一刻，米凡忽然醍醐灌頂——

她旁邊的奇怪生物都是外星人的寵物！而她和那些生物是一列的！

所以她也是寵物？她是加萊的寵物？

……寵物？

外面有含糊不清的呼喊聲傳來，有個年輕的男聲在焦急大喊。

但米凡被自己的這個發現震驚了，完全沒意識到現在的處境。

「冰塊！別吃她！快張嘴！」

眼前忽然一亮，幾道水絲從眼前掉了下去。接著，加萊黑沉的臉出現在面前，他抓著她，把她提了起來。

「嗚嗚她沒事吧？冰塊你又亂吃東西了！晚上別想睡床上了！」男孩的聲音在旁邊亂糟糟的響了起來。

米凡擦了把臉上溼答答的水，臉色猛地一變！臥槽，她剛才是被那隻軟體大塊頭咬住了頭嗎？怪不得臉這麼濕，都是牠的口水啊！

米凡和那隻差點吃了她的軟體動物被其他人好奇圍觀了，訓導師慌亂的過來檢查她的身體，幫她擦臉。

「真是對不起！我家冰塊老犯這毛病！」男孩在旁邊一個勁的道歉。

一個訓導員趁機說道：「沒關係的，我們的培訓會教您怎樣讓牠改掉這個毛病。」

「真的嗎？太好了……」男孩淚眼汪汪道。

加萊的眉頭都擰成一團了。米飯的臉雖然擦乾淨了，可頭髮上沾著可疑液體，領口也被口水弄濕了一大灘。

聞聲趕來的蘇珊察言觀色，向他說道：「加萊先生，如果您願意的話，我們可以帶她去清理一番，讓您的寵物保持清潔的狀態。」

「嗯……」加萊低低的應了一聲，攔住旁邊訓導員向米飯伸出的手，親自將她抱了起來。

直到走進了一間房裡，蘇珊他們離開，加萊才開口低聲安慰米飯道：「嚇到了沒？」

他抬手想摸摸她的頭髮，但指尖觸到一片濡溼，他頓了一下，手往下移，輕輕的順著她的背脊。

米凡仰了仰臉，一臉複雜的看著他。

不知道為什麼，知道他是將她當作寵物一樣養著以後，再看他的臉，就變得無比的彆扭。

第十二章 外語難學

That's not easy to be moe animal.

其實，每次帶著飽飽的胃縮在暖和和的床上，即將陷入黑甜的夢境前，米凡都從內心深處感激上天的厚愛。她深知，現在已經是她能得到的最好的待遇了。

她當然也曾思考過她在加萊眼中到底是什麼角色，他抱著她睡覺，讓她穿漂亮的衣服，親自幫她洗澡，耐心又溫柔。她總是產生錯覺，他是將她當作小孩子來撫養的，哪能想到其實是寵物？

可如果是這樣的話，許多曾讓她想不通的事情也變得理所當然了，比如他從沒讓她上桌吃飯過。

寵物啊……

米凡坐在加萊的腿上，他正拿著一條蓬鬆的毛巾替她擦頭。

因為覺得她智商不夠，所以才事事都替她做嗎？她、她還以為他有照顧人的愛好……

樓下，那個男孩絕望的叫喊聲又響了起來：「冰塊！把人家的頭吐出來！」

米凡覺得自己把握到重點了。這裡好像是培訓寵物的地方嘛，那她可以趁機好好表現，起碼要讓加萊明白，獨自洗澡是她完全可以單獨應付的事情。

「好了，還敢下去嗎？」加萊將毛巾扔到地上，食指抬起她的下巴，讓她的臉仰起。

米凡看著他淺淡涼白的眼睛，他的指尖微涼，施加在她下巴上的力道並不大，她能辨認出他話中流露出的淡淡安撫。自從意識到她已經遠離了熟悉的家園，她所求的從來就不多。寵物就寵物好了，沒什麼大不了的，現在所得到的已經令她滿足了。

她不貪心。

米凡張了張嘴，發出輕輕的一聲叫聲。

加萊嘴角輕輕一挑，露出了微不可查的笑意。他用力揉了揉她的頭頂，說：「乖，不會讓妳再被咬的。」

再次來到樓下的草坪，一個訓導員立刻迎了過來，臉上掛著笑，「先生收拾好了？我們已經將那隻比笛帶走進行單獨培訓了，希望您的寵物沒有受到驚嚇，我們相信下面的課程不會再出現類似的情況了。」

那個可憐的男孩和他的軟體動物讓微笑都快掛不住的蘇珊請到另一個場地去了，剩下的幾隻寵物都沒有那麼糟的習性，場面頓時和諧了許多。

他們重新進行了一下測試。

已經搞清楚狀況的米凡不再多想，下定主意要展現出她絕沒有低於普通水準的智商，加萊一喚她，她就立刻興高采烈的向他跑去。雖然那隻長角的貓比她還快了好幾秒，但米凡覺得這不能證明牠就比她聰明了。她站在加萊身邊，斜眼瞧著那隻貓兒。

訓導員走了過來，笑咪咪的說：「您的寵物對您的聽從性很高，您和那位小姐可以直接進入下一道訓練了。」

兩名訓導員帶著加萊和女孩來到了旁邊小樓內的一個練習室中，空蕩蕩的大房間中只在角落中立著一個高大的櫃子。

其中一個訓導員領著那女孩和她的小貓兒到了另一邊，而剩下的一個大鼻子訓導員很憨厚的對加萊說：「您填的意向表上說，希望能讓您的寵物聽懂簡單的命令。」

加萊點了點頭。

「沒錯啊，我們一直認為，起碼需要讓寵物明白，當主人說什麼時是不被允許的。」訓導員點頭，看看米凡，說道：「小馥的話，雖然研究證明牠們的智商並不低，但是牠們不知什麼原因經常對主人的命令沒有反應。您這隻看起來活潑許多，應該會靈敏一些。」

雖然這麼說，但他流露的意思表示他仍覺得訓練不會很順利。

加萊微微蹙了一下眉尖，對他對米飯下的這番評價不是很滿意。

訓導員蹲在米凡面前，很有經驗的去搔撓她的耳後根，從她頸後順著脊梁骨一直撫摸到尾巴根。這些都是米凡身體敏感的地方，她被摸得渾身發軟，眯起眼，舒服得忍不住從喉間發出低低的哼聲，無意識的在他的掌心中蹭了蹭。

加萊在一旁看著，莫名的感到有些不爽。

訓導員一邊「與寵物建立友好關係」，一邊向加萊介紹說：「這些部位都是牠們比較敏感的地方，經常撫摸牠們可以得到牠們的好感。」

「對寵物進行訓練，不能一味斥責，一定要獎賞和懲罰並行。我們可以從簡單的開始，比如讓牠聽懂『坐下』的口令。」

米凡正舒服的慢慢搖晃著尾巴，身上那雙厚實暖和的大手忽然離開，加萊背著手站在她面前。

嗯？她歪著頭看著他，他看著她說了兩個字。

訓練的一部分嗎？她眨巴眨巴眼，努力調動腦細胞，不過沒等她猜出個所以然來，站在一旁的訓導員按著她的肩膀向下壓，用力之大，讓她的膝蓋一軟，就坐在了地上。

與此同時，加萊又將那兩個字重複了一遍。

米凡坐在木頭地板上，有些汗然，她想起以前家中養小狗的時候，表哥就是這麼教那隻小土狗的。牠還非常聰明，在骨頭的誘惑下，大概十多次之後就教會了牠坐下。

米凡慢吞吞爬起來，接著望向加萊，在他開口說到那兩個字的時候，沒等訓導員動手，她就自己坐了下去。

加萊明顯愣了一下，旁邊的訓導員發出一聲驚呼。米凡則謙虛內斂的擺出淡然的表情。

訓導員不大相信的讓加萊又試了幾次，米凡都很快速的做出了反應。

「您之前是對她做過了訓練嗎？這麼聰明的小馥我還是第一次看見。」

訓導員嘖嘖稱奇，讓加萊開始下一個口令。米凡都是一次就領悟，反應迅速讓訓導員不斷讚嘆。

加萊矜持的抿著嘴，仍掩不住一絲自豪的神情。

如此不過小半天，坐下、站起、走、不動之類的十個簡單口令都已經差不多做過了。米凡表面淡定，心中卻想：不要太驚訝，本小姐只是普通人～

結果最後訓導員將十個口令混著上的時候，米凡默默的跪下了。

她錯了，小學學英語第一個學期一半考試都沒及格，她不該覺得外星的語言就好學了！任何時候掌握一門外語都不是一件簡單的事！

她覺得她需要回憶一下當年學英語的經驗。

雖然徹底掌握費了些時間，但在加萊和訓導員的眼中，這種學習速度已經可以破了寵物界的記錄了，練習室那邊的女孩還在教她的寵物聽命令不可以亂跑。

一天的訓練結束，米凡站站起起走走停停了大半天，看起來活動量不大，但確實很累人。好在回去時加萊仍是抱著她的，米凡趴在他懷裡，一動也不想動。

「先生，您的寵物很有潛力，下次您再來的時候，我們可以做一個長期的計畫，看看能將她的能力提升到什麼階段。」訓導員雙眼閃著興奮的光。

加萊不甚在意的淡淡一笑。

在飛船上，米凡就趴在座位上睡著了。等醒過來，都已經入夜了，她躺在床上，身邊是安靜的閉著眼的加萊。米凡睜著沉重的眼皮看了他一會兒，就又睡過去了。

＊＊＊　＊＊＊　＊＊＊

第二天，米凡一個人留在家中，她搓搓手，鬥志昂揚打算開始外星語的學習旅途。

可是下一秒她就傻眼了，沒書沒紙沒筆，怎麼學？

米凡摸摸腦袋，轉頭把電視打開了，她記得有一個疑似幼兒教育的頻道。於是，米凡在「你叫什麼名字」、「我叫妮妮，你叫什麼名字」、「我叫露露」之類的對話中度過了一整天，一邊看一邊嘴裡跟著叨唸，雖然說出口的還是呢喃叫聲。

直到頭昏腦脹，米凡捂著腦袋歪倒在沙發上。要是能說話就好了，她想。

她雙眼無神的盯著假裝成一朵大紅花的主持人的立體投影，身後卻忽然傳來了動靜。

米凡一個激靈想撲上去把電視關了，可她剛支起身，腳步聲就靠近了，她只好迅速調整了一下表情，假裝那電視是自己打開的。

「嗯？加萊走前沒把電視關上？」

伊凡夫少年般的青稚面容晃進米凡眼中。

咦，怎麼是他？

伊凡夫穿著一身休閒的短衫，雙手插在褲子口袋裡悠悠的晃到沙發前坐在了米凡身邊。他蹺著二郎腿，一隻腳碰到了她的腿。米凡默默的站了起來。

「幹嘛去？坐下。」伊凡夫忽然說道。

結果對這個詞牢記在腦中的米凡反射性就坐回了沙發上。

伊凡夫和她自己都愣住了。

「唔……」伊凡夫摸著下巴，沉吟的盯著米飯。

米凡正對自己不假思索就做出反應進行反思，聽懂是一回事，想也不想就照做是另一回事，她不會真的被馴化了吧？

伊凡夫的臉忽然擴大擋住了米凡的視線，他若有所思的看進米凡眼中，問道：「妳不會是能聽懂我說的話吧？難道妳一直在偽裝？」

「……？」

他說什麼?米凡身體向後靠了靠，被他抓到犯人般的篤定表情弄得心虛了。

「伊、伊凡夫?」

加萊的聲音忽然從後面響起，他手中提著一袋東西，看著突然出現的伊凡夫，有些吃驚。

這時，伊凡夫早忘了兩人分別時鬧出的小小不快，他抓住加萊，將他往房間裡側拉去，一邊小聲道：「加萊!我有了一個發現!」

加萊只來得及把手裡的東西放下，疑惑道：「什麼?」

「加萊，我覺得，你家的米飯她其實不是一隻小馥!」

「為什麼這麼說?」

「她一直偽裝成一隻什麼都不懂的寵物，其實我們說的話她可能都明白，剛剛她在我面前露出了馬腳。我猜──」伊凡夫將聲音壓得更低：「她有可能是從溫恆星系來的間諜!」

氣氛沉寂了一會兒，加萊微微呼出一口氣，抽了抽嘴角，「你這次去塔依坦是不是被打到腦袋了?還是受到精神攻擊導致神經錯亂了?」

「你不知道!我的感覺一向很準!」被嘲笑後伊凡夫有些生氣，「反正就算不是溫恆星系的間諜，她也不是一般的小馥，她其實隱藏得很深。對了，你走的時候沒有把電視打開吧?」

「沒有啊。」

「那就對了!」伊凡夫抓到了重點，激動起來，「我來的時候那電視就開著呢，肯定是米飯趁沒人的時候自己開的！」

加萊仍用懷疑的目光看著伊凡夫，「是意外吧，她怎麼會開電視？」

兩人一起回頭看向米飯，她正好奇的蹲在加萊放在地上的袋子前撥拉。

伊凡夫志在必得道：「我肯定能抓到她的馬腳！」頓了頓，他握拳說：「晚上我睡這兒了！」

加萊：「……」

隔天，加萊坐在辦公室中，扶著額頭翻看從研究院傳過來的目魯拉變異報告。

伊凡夫吧嗒吧嗒跑了進來，他一巴掌拍在加萊桌上，目光炯炯，「給你看昨晚的錄影。」

因為夜晚而顯得有些昏暗的畫面上，躺在床上的米飯忽然動了一下，然後便見她坐了起來，輕手輕腳的下了床。接下來的錄影並沒有特別的地方，她去上了趟廁所，然後自己接了一杯水，喝完後將杯子放回原處，走回床的時候還將掉在地上的一件衣服掛回了衣架上。

都是很普通的日常小事，和伊凡夫「間諜」的猜想完全對不上，可是加萊卻看得渾身發涼。

她的一舉一動，和人又有什麼區別？

畫面忽然一黑，伊凡夫將錄影關掉了，他對加萊說：「你看，我就說她在瞞著我們，沒人看著的時候完全不一樣吧？」

加萊掙扎道：「也許……是正常的？你不也沒養過小馥嗎？說不定這種寵物就有這種習性？」

他這麼一說，伊凡夫也產生了一絲猶豫，嘀咕道：「可看著也太詭異了些，白天的時候看起來明明就是個什麼都不會的笨蛋啊。」

兩人靜默了一會兒，加萊開口說：「畢竟小馥的智商很高，聰明點的寵物模仿主人學會一些動作也不稀奇……」他將在易迪寵物培訓學校的經歷告訴伊凡夫，證明米飯確實很聰明。

「啊！原來坐下是你教她的……不過我還是認為很可疑。要不請神父來做做法吧？」

加萊說：「去論壇上問一問吧。」

他將這段影片傳到了他常去的那個論壇的寵物版塊上，剛一放上去，就蹦出了兩、三則回覆。

「哈哈哈哈哈LZ養的小馥好聰明哇！」

「踮著腳尖掛衣服的樣子真可愛！我家的只會幫我把拖鞋放到床邊，掉到地上的衣服牠就不管啦。好羨慕樓主家的～」

「牠用的水杯是自己的嗎……」

再刷新了一下，多出的好幾條回覆都在「哈哈哈」，順帶誇獎加萊的寵物聰明通人性。一片歡樂氣氛。

「……有那麼好玩嗎？」伊凡夫費解的嘀咕，他覺得大晚上拍出的這段影片明明看著就陰森得像鬼片嘛！

加萊不斷的刷新回覆，半晌才開口：「伊凡夫你看，有個人養的寵物還會洗碗呢。」

「那算什麼，他養的是水陸兩生的水象，只要衝著碗噴水就可以了啊！」

許多人在留下一串哈哈的時候，還順帶得意的分享了自家寵物通人性、學習能力高的例子，一長串回覆看下來，竟沒一個人覺得米飯的行為不對勁。

「我就說……很正常的嘛……」最後加萊這麼說。

於是伊凡夫放棄了請一位神父驅邪的想法。不過回到加萊家，他看著米飯的眼神仍然帶著審視，好像只要她一露出破綻，他就會跳上去把她制住一樣。

其實加萊也私底下對著米飯問過：「妳跟我說實話，妳是不是能聽懂我的話？」

但是回應他的是米飯十分茫然無辜的眼神，讓加萊覺得自己有些犯蠢。她連簡單的口令也需要學的，怎麼可能聽懂他的話？不過是模仿能力強了些罷了。

不過出乎加萊意料的是，他上傳的這段影片竟然轉載甚廣，小小熱門了一把。

第二天，加萊接到了一通電話。

「喂，是加萊．克蘭克嗎？」

從那端傳來甜美的少女聲音，但卻是他沒聽過的，他皺了下眉，問道：「您是……」

「啊，我是安麗爾．韋伯，雖然我們沒有見過面，但是你應該聽說過我，我的父親克羅爾曾和你共事過。」

加萊想了起來，在圖盧卡商業領域獨領風騷的韋伯家族，確實有這麼一位大小姐。但是他還未和她見過面，更沒有過交際，忽然打電話給他，是為了什麼事？

「這麼冒昧就打擾你實在不好意思。我在網上看到了你上傳的一段影片——是你上傳的沒錯吧？那隻很聰明的小馥？」

「是的，那是我的寵物。」說不定那個論壇都是屬於她家族的產業，找到他應該並不難，加萊並不意外，但仍舊好奇她的目的。

安麗爾輕笑了兩聲，說：「我也養了一隻小馥呢，是雄性的，你的那隻呢？」

「……正相反。」

「太好了，我很喜歡你養的那隻呢，她很伶俐，不如讓她和我養的布林交個朋友吧～」

交朋友？

他雖然沒和安麗爾見過面，但貴族的交際圈說大不大、說小也不小，關於韋伯家族最受寵愛的安麗爾小姐的一些傳聞，他或多或少也聽過一些。她有著比蜜糖還甜美的微笑，和貴族一貫的驕傲，自小受到嚴格的教育，但父母的寵愛讓她的性格中帶有一些任性的成分。

加萊不會拒絕她，他不想輕易得罪這位大小姐，而且實際上也沒有必要拒絕。她說了，她也養了一隻小馥，也許他可以和她交流一下經驗？

＊＊＊　＊＊＊　＊＊＊

米凡覺得這幾天的努力學習還是有些成效的，好歹能從加萊和伊凡夫的談話中時不時捕捉到一、兩個熟悉的發音，雖然她還未必能想起意思來。

一步一步慢慢來嘛，她樂觀的想。

滿懷激情投入到外語的學習中，米凡完全忽視了伊凡夫看她時不一樣的眼神，加萊要帶她出門去學校時她也十分踴躍。雖然是對寵物進行培訓的地方，但她仍能在那兒學到不少東西。

訓練一天下來，米凡甚至還掌握了兩、三個長句，自覺收穫頗豐。

加萊對於她超常的表現已經淡定了，和訓導員定好了下次再來的時間，他帶著米飯登上飛船離開。但他並沒有直接回家，而是中途拐去了嵐嵐寵物店，幫米飯又添置了一些東西。

從寵物店出來時，加萊讓米飯坐在他的胳膊上，空著的手拎著好幾包的東西，看起來頗像一個奶爸。路上的行人紛紛投以注目禮，還有幾個年輕的小姐捂著嘴偷偷的笑。

「還記得剛才學的嗎？」加萊一邊順著街道向前走著，目視前方，一邊對將頭靠在他肩膀上的米飯問道。

「把左手舉起來，是什麼？」

米凡右手抬起來一半，意識到她把左右手的詞搞混了，急忙放下，換了左手高高的舉在頭頂。

加萊微微側頭看了她一眼，彎了彎嘴角，說：「放下。」

她便乖乖的放下胳膊，重新將手搭在他的肩上，順便在心裡複習了幾遍這個句式。

左手、右手、左手、右手、左手——咦，那是什麼？馬車？

正前方竟然有輛馬車駛了過來，路上不多的行人紛紛避讓開。等車輪咕嚕嚕轉著駛到了近前，米凡才發現拖著車的並不是馬，而是一匹十分高端洋氣上檔次的白色獨角獸。

哇唬！米凡驚嘆的看著那匹渾身都散發著聖潔銀光的獨角獸，小跑著的姿態也優雅得像踏在雲端一樣。可惜牠很快就跑了過去，米凡流連的視線中，朱紅色的車身跟著駛向了後方。

就在她與那輛馬車相交而過的時候，她忽然透過馬車上的窗戶看到了坐在裡面的一個人。

那是一個黑髮黑眼，有著黃種人五官的清秀面容，看起來不過是二十出頭的年輕人，皮膚白淨、睫毛細長。他戴著一頂藍色的帽子，將瀏海壓到了眉前，直挺著背坐在馬車中，沒有將身體靠在後面。他低垂著眼睛，沒有表情。

年輕人低頭寂然的側臉隨著馬車的離開再看不到第二眼，卻長久的印刻在米凡的視網膜上。

馬車已經駛遠，她卻依舊維持著同一個姿勢，目光呆愣。大腦像是被抽空了一樣，血液向心臟湧去，怦咚、怦咚。

怎麼可能……怎麼可能出現在這裡！

那是一張多麼熟悉的面容啊……

第十三章 相見，相親

That's not easy to be moe animal.

米凡情竇初開的時間很晚，直到大學的時候才產生了冒著粉紅色泡泡的少女心，第一個喜歡的男生，她整整暗戀了三年。除了那個男生，幾乎她所有的朋友都知道她喜歡他。

縈繞在她心間的那個名字叫做韓巧。他是女孩子們很容易喜歡的那種類型，眼神乾淨，笑容陽光，成績優異，喜歡運動，有一大群的朋友。

米凡認定了他不會喜歡自己，所以在聚會時，只會坐在和他隔著好幾個人的位置上，大笑著打趣他整個大學都沒談過戀愛，然後看著他被周圍人一起打趣到臉紅，偷偷的將他的樣子記在心底。

永遠不會有結果的暗戀，才有著永遠不會變質的美好。

她在心裡銘刻了無數張他的影像，以至於當她看到馬車中戴著帽子的年輕人時，腦中幾乎是立刻躍出了他的名字。

韓巧、韓巧，他怎麼會出現在這裡？難道他也像她一樣穿越了嗎？

對！既然她都能莫名其妙來到這裡，說不定他也一樣呢！

米凡坐立不安，除了想著這件事，腦子裡完全進不了別的事情了。

加萊叫了她幾聲，她卻沒有反應，加萊奇怪的輕輕拍了拍她的頭，她抬頭看了他一眼，眼神中根本沒有他的影子，只一眼，就又低下頭，直愣愣的盯著地面。

加萊皺了皺眉，在她面前站了片刻，叫道：「米飯，起來。」

她忽地站了起來，步伐焦躁的轉了幾個圈，跺著腳咪咪叫了幾聲。

好像有些不對啊，看她坐立不安的樣子。加萊想著。

如果真的是韓巧的話，那她一定要找到他！可是只是那一眼，她要怎麼做才能找到他？

米凡已經從街上的驚鴻一瞥中回過了神，冷靜下來，卻更加焦慮——她能做的太少了！

滿心都想著如何才能找到韓巧，又時不時的被勾起以往的回憶，米凡連飯都沒吃下。

加萊放下湯匙，看了眼她面前還剩一大半的食物，覺得米飯真的出問題了。可白天還好好的啊！

加萊將手搭在米飯額頭上，溫度正常，看眼神也還挺有精神，不像是生病了。

晚上睡覺時，他感覺米飯一直在翻身，很久都沒有睡著。他轉過來，將米飯抱在懷裡，拍了拍她的背。她在他懷裡呢喃了幾聲，終於安靜下來。

加萊微鬆了口氣，閉上眼睛很快睡去。

可是半夜的時候，他卻又醒了過來，因為懷中米飯的不安分。

她在他胸前不斷的用頭蹭著，手握成拳，也輕輕的抖動著。加萊被她用力蹭得有些不舒服，將她推遠了些。只見米飯閉著眼睛難過的低哼了兩聲，身體縮成了一團，他再次試了一下她的體溫，略有些高。

唔……加萊沉吟著想到了一個可能。

「啊，你這麼說的話確實像發情啊，不過她的年齡還未到吧？」伊凡夫大大咧咧的坐在加萊辦公桌對面的椅子上，摸著下巴說：「你不是說安麗爾想帶她養的那隻和米飯見見嗎？安麗爾這人我挺熟的，她凡事都求最好，腳上穿的襪子都是用艾思奇星球上專出的真絲織的，她養的小馥肯定也是最好的品種。你家米飯不虧～」

加萊抿了抿嘴說：「不管虧不虧，我已經和她定好了見面的日期，就在明天。」

「哦～～～」伊凡夫拉長了聲音說：「說不定明年她能幫你生一窩小小馥哈哈哈！」

加萊皺了皺眉，試想了一下，並不覺得很愉快。

＊＊＊　＊＊＊　＊＊＊

米凡昨天一晚沒有睡好，一直在做夢，第二天醒過來的時候頭昏腦脹，渾身發痠。

唉——她長長的嘆了口氣，她連出門都很少，語言也不通，根本想不出辦法來嘛。唯一的資訊是那輛稀奇少見的馬車，然後有點指望的是她好好學習、天天向上，哪天偷著上網發個尋人帖，呃……想想都覺得不太可能。

雖然仍然心不在焉，米凡還是打開了電視，接著沉浸在幼兒教育節目中。

本來呢，她以為還要在家裡再待幾天才能出去的，沒想到隔天加萊就又將她帶了出去。

哎？前天才去了培訓學校，今天又要去了嗎？

不過很快的，米凡就感覺到不對，走的路不一樣。

她正猜測著，加萊登上了一艘小型飛船。和平時他乘坐的不一樣，這艘——看起來就很不同，機頭上還用閃閃發光的紅色寶石鑲成了一朵花呢！

這是一艘私人飛船，裡面還有兩個女僕，在他們登上飛船後端來了小點心和飲品。

加萊將她放在了身側，屁股下的座位很軟很有彈性，說實在的，比加萊的大腿坐著要舒服多了。

不會是真皮的吧？沒見識的小平民米凡偷偷摸了好幾下。

可惜沒有上街，說不定運氣好還能再碰見韓巧呢？

享受之餘，米凡略有些遺憾的想著。

下了飛船之後，米凡被震驚了，好大的一片花園……她四下望望，發現方圓百里內就只有這裡有一處精巧的小別墅，看起來是有錢人住的地方。

她有些豔羨的看著盛開著各種鮮花的花園，中間還架著一個秋千，好有少女氣息。

小別墅門口站著一位管家，他彎腰向加萊說：「加萊少爺請進，我們小姐在屋裡等著您。」

加萊抱著米凡登上二樓，樓梯上鋪著地毯，細密柔軟的毛在細微的氣流下擺動著。

在房門前，她被加萊放了下來，順便感受了一下一直鋪到房門的地毯，真是……像踩在雲朵上一樣。

加萊在門上敲了三下，房內傳出清甜的女聲：「請進。」

米凡激動的抖了抖耳朵，這個詞她聽懂了！

加萊打開門，先一步走了進去。

就在他將門打開的那一刻，米凡忽然聞到了一股氣息——淺淺淡淡的香味，讓人瞬間放鬆、忘記煩憂的愉快的味道。但和普通的香氣不同，米凡從這股氣味中捕捉到了攜帶的資訊。

這是很奇怪的體驗，因為這明明就是看不見、摸不著的氣味，但她很明顯的感覺到這股氣息想要告訴她什麼。莫名的，她對此產生了一股親近感。

加萊的身體向前走了一步，米凡看到房間一半的樣子。一個少女站在房間中，她穿著長裙，腳蹬高跟鞋，面容精緻可愛，銀白色的長髮垂到胸前，在末端微微捲曲，就像從二次元走出來的美少女。

仍在試圖分析那股氣味所傳達給她的消息的米凡，也不禁閃過了這樣的念頭——不會是加萊的女朋友吧？

她也跟著走了進去，站在加萊身邊，這時，她才看見站在那少女旁邊的人。米凡頓時忘記了周圍的一切，眼中只剩下這一個人。

踉蹌的邁出一步，她顫抖著聲音說：「韓巧……是你？」

她眼中的那個人從她進來的那一刻就緊緊盯著她，在她開口發出顫顫的叫聲時，他歪了歪頭，面無表情「咪」的叫了一聲。

渾身的血液頓時倒退入心臟，米凡完全石化了。

她困難的嚥了口吐沫，腦中仍轉不過彎來。他沒認出她來?還是捉弄她故意學她叫呢?

「呀~好可愛！」安麗爾微笑著走上前，摸了摸渾身僵硬的米凡的腦袋，對加萊說道：「我也很喜歡替我家布林買各種衣服穿，呵，我想我們應該會有很多共同話題。」

加萊看了布林好幾眼，不由得點了點頭。

管家上了兩杯紅茶，還不忘幫米凡帶了一籃紅色的小圓果。

安麗爾對加萊笑說：「布林很喜歡吃這個。」

加萊若有所得的點了點頭，安麗爾也挺了解她的寵物的，看來這次果然來對了。

「他多大了？」加萊指了指布林。

「五歲多了呢，平常他太安靜了，我認識的人中也沒有養小馥的，所以知道你也養了一隻的時候很高興呢，希望有同伴的話能讓他變得開朗些。」

安麗爾顯然很喜歡她的寵物，提起來話就不自覺的變多了，「布林雖然不大動，不過很聽話很乖巧的，也不會搗亂。布林？」

她拍了拍手，在他將黑漆漆的眸子從米凡身上轉向她時，下了一個命令：「轉個圈，給這個哥哥轉個圈～」

布林慢慢的看了安麗爾一會兒，在原地轉了一個圈。

安麗爾微笑著看向加萊，等待他誇獎她的寵物聰明可愛。

這算什麼，米飯能做得更好。加萊禮貌的讚賞了幾句，卻意外的看見米飯仍呆愣愣的站在一旁，視線定在布林的身上。

為什麼……韓巧也有尾巴，頭頂也長著毛耳朵？難道穿越的地球人都會變成這副模樣？

加萊叫了她兩聲，米凡聽到他在叫她過去，她便一邊盯著那雙耳朵、一邊走到了加萊身邊。

加萊摸了摸她的頭，喚道：「米飯，坐下。」

米凡想也沒想就坐在了地毯上。

安麗爾露出了微笑，「真聽話。看起來她很喜歡我家布林呢。」

加萊抬頭看向布林，和米飯一樣，他的臉也一直對著米飯，眼也不眨的看著對方。

「我幫布林布置了一間娛樂房，就讓他們兩個到房裡玩吧。」安麗爾忽然高興道，並且站起來對布林說：「來，帶你的新朋友去你房間裡玩～」

還有專門的娛樂房。加萊默默的跟著站起來，忽然覺得他平日太虧待米飯了。

「喏。」安麗爾推開門，展現出一間擺滿了玩具的大房間，甚至這間房中也鋪滿了昂貴的白色絨毛的地毯。

「去吧去吧，去裡面玩吧，不要打架哦。」她將布林和米凡都推進房中。

米凡突然被推到了布林面前，心頓時一跳，呆愣愣的看進對方黑不見底的眼中。

布林的鼻尖微微抽了一下，向米凡靠近。

安麗爾和加萊站在一旁看兩隻小馥要怎麼打招呼，安麗爾卻忽然接了一通電話。

「是的，他在我這裡。嗯？可以，我知道了。」

通訊結束，她對加萊說道：「我父親知道你來我這裡了，想要見你一面。」

加萊挑了挑眉。

「我父親就在附近。他們在這裡很安全，我的管家會照看他們的。」安麗爾說。

「當然。」加萊笑了一下，「安麗爾小姐當然會安排好的。那麼安麗爾小姐帶路，我們走吧？」

房間門輕輕闔上，房中就只剩下米凡和布林兩隻深深的對視著。

米凡的心怦怦的跳得極快，她都無法將視線從對方的眼中移開，不能控制的屏住呼吸。

他靠得越來越近了。

「咪——」他忽然發出一聲嬌嬌的叫聲，把頭蹭到了她的脖間。

呃呃?米凡渾身僵硬，感覺到他的呼氣噴在她脖子上的皮膚。這時那片肌膚彷彿格外的敏感，隨著溫熱的氣息拂過，一片片的雞皮疙瘩都立了起來。

他抽了抽鼻子，眉間動了一下，從她身邊撤開。

米凡不知所措的看著他。

真的不是韓巧?他們的五官這麼相似，連身高都差不多，但她從來沒見過韓巧臉上有他這樣冰冷的表情……眼神也不對。

米凡不得不沮喪的承認，他們並不是同一個人。

視線溜到他頭頂，仍然被那雙毛茸茸的耳朵閃瞎了眼。

或者說，面前這個根本不是人吧?

「那個……你好?」她試探的說道。

布林眨眨眼，定定的看著她，「咪——」

他大概和她這個身體是同一個物種的。雖然都有著人類的面貌，但在這顆星球上，像加萊他們，甚至三級人，五官都偏向西方人比較立體的樣子。

本來她還抱著一份希望，希望他這副皮囊下是地球人的靈魂，可是他接下來的動作徹底打破了她那點僥倖心理。

布林聞過她脖子上的氣味後，似乎仍不滿意，忽然蹲在了地上。

米凡低下頭，不解的看著他。

兩人之間的距離本來就很近，布林蹲下後，就在她的腳邊，所以當他揚起脖子時，正好挨近她的下身。他的鼻尖抽動了一下，細細聞著，似乎在思考著什麼，似乎聞得不夠仔細，竟然又湊近了一點，幾乎貼了上去。

米凡驚得說不出話來，連連退了好幾步。

——你、你幹什麼呢？

米凡盯著布林，嘴唇顫抖，卻沒發出聲來。

布林坐在了地上，雙手仍撐著地，長長的尾巴在他身後緩緩搖動，他輕聲叫了一聲。

「……」米凡良久無言，她終於明白過來了，他是在聞她的味道嗎？喂，聞出來什麼沒？

這麼想著，米凡也抽了抽鼻子，現在他身上的氣息有種「更清晰」的感覺，她好像能辨認出什麼了——是雄性的意思。

好像已經確認了米凡是幼年期的同類，布林便不再試圖去聞她的氣味，可仍然對她很有興趣——

他再次靠近米凡。

米凡警戒的看著他，防止他又湊上來亂聞，結果他抬起了手，一巴掌呼在了她臉上。

「呃——」米凡被他的手蓋住了臉，鼻子都被壓歪了。她從他的指縫中瞪著他，用力把他的手甩掉。

布林臉上沒什麼表情，再次拍到她臉上。米凡又一次拍開他。

如此幾次，米凡一臉黑線：你在和我玩嗎？

大概確實是這樣，可他一直面無表情和她進行著意義不明的互動，怎麼看都不像在玩耍啊！

最後布林一爪子揪掉了她幾根頭髮，米凡忍無可忍，忽地站起來躲到了一邊。

她躲在一張小的蹦蹦床後，偷偷看出去，他還維持著那個姿勢，背對著她坐在原地。

好呆的傢伙……

看了一會兒，布林也沒有找過來的跡象，米凡鬆了口氣，挪了挪屁股，靠著蹦蹦床弄了一個舒服點的姿勢，順手撈過旁邊的一個布娃娃在手裡擺弄著。

唉，看來他是這裡土生土長的，原來她這個靈魂所屬身的物種是這個樣子的。

米凡心中有些複雜。不是韓巧，她一方面有些失望，一方面卻有點慶幸，她也不知慶幸的是什麼，也許類似近鄉情怯，或者更希望韓巧能好好的活在那顆蔚藍的星球上吧。

可這樣的話，在這顆星球上她仍是一個人了，她好想找個人簡單的聊聊天，跟對方吐槽一下她至今都還用手抓著飯吃。

忽然腦子裡響起了一句話，恍惚間還是個少年聲音。米凡一個激靈，抬起頭來，卻看到了布林坐在她面前，木著張臉看著她，尾巴翹在身後，慢慢的搖著。

「一起玩。」

他叫了一聲：「咪嗚——」

幻聽了吧……米凡正自我安慰呢，布林忽然湊上前來在她鼻尖舔了一下。

米凡猛地跳起來，擦了擦鼻子，絕望的想她沒法和他交流！

布林轉頭看她快步走到了另一邊，黑色無光的眸子裡什麼都看不出來。

米凡卻突然感到一陣心虛，不知道為什麼，她覺得她似乎傷到了對方一顆渴望親近的熱忱的玻璃心。她抱著膝蓋，和他隔著十多公尺的距離對望著，眼看著他的耳朵以微不可察的速度慢慢、慢慢耷拉了下來，心底的內疚也跟著一陣一陣的高漲。

不就是陪小動物玩嘛，這麼有愛的事情她又不是沒做過，她再而三的傷害一個說不定和她一樣孤獨的寵物，顯得她多麼狠心似的。

米凡嘸了下嘴，朝他叫道：「喂！」然後隨手拿起一顆圓球放在地上朝他的方向撥了過去。

小圓球咕嚕咕嚕滾到布林跟前，碰到他的腳，才停了下來。布林低頭瞧了一會兒，在米凡覺得他會把圓球踢回來，然後可以陪他玩「踢回來～滾回去～」的遊戲時，他無視了圓球，抬頭看著她。

⊙﹏⊙b汗，跟想像的不一樣啊……

米凡索性招手，說：「你過來。」

結果他就像聽懂了一樣，馬上邁出了一步。

「我可以陪你玩，但是你不要亂碰我。」米凡認真的對他說。

布林搖尾巴的頻率快了些，等她說完，一巴掌又呼她臉上了。

「……」

「如果你也是這麼想的就太好了，我和我父親都覺得很高興。」走在高一階的臺階上，安麗爾回身一笑。

加萊眼神微閃，也回之一笑，客套疏離。

「說起來，你有段時間沒有回諾特丹了，我前段時間參加宴會時還碰見了你父親呢。」

加萊臉色變了一下。

安麗爾沒有等到回答，回身看到加萊的表情，想起了什麼，勾著脣便不再提起這個話題，轉而說道：「不知道布林和米飯相處得怎麼樣……」說著，她推開了門。

「咦？」安麗爾輕輕出聲。

這兩隻仍和他們離開時一樣安靜，不同的是布林緊挨著米飯，兩隻並肩坐在蹦蹦床上。

「看來您的米飯也是個安靜的，他們倆湊到一起怎麼也還不打不鬧的啊。」

米凡看見加萊來到，急忙蹦到地上，快步走到他身邊，抓住他的衣角。布林也跟著慢慢走過來。

加萊觀察了一下她的狀態，挺有精神的，摸了摸她的腦袋，便對安麗爾說：「時間不早了……」

「管家已經準備好晚餐了。」安麗爾忙說。

「謝謝妳的好意，不過不用了。」似乎是她提到父親的緣故，他不想再待下去了，加萊帶著米飯告辭後就立刻離開了。

離開前，米凡恍惚間似乎又聽到了腦中的一個聲音——

「再見……」

她驚愕的看向布林，可他明明沒有張口。

在陪他的時候她就發現了這一點，在他身邊時不時會聽到不存在的聲音。也許是同類之間交流的辦法？可米凡卻覺得她沒辦法透過腦電波把想說的話直接傳達給布林啊！

難道因為她是個山寨貨嗎？

米凡總覺得自己開發了一個新功能……

＊＊＊　＊＊＊　＊＊＊

回到家後的米凡托著腮幫子認真的想著，可惜布林看起來有些幼稚，好像腦子裡想的只有玩一樣……要是他懂得多些，她也能向他請教請教，到現在為止，她仍對這個外星社會懵懂無知呢。

想來想去，米凡覺得可惜極了。當時她被這個發現驚到了，也沒有和布林好好的交流，如果還能見到他的話，可能可以試著問點什麼，他看起來還挺喜歡她的……

不曉得明天加萊還會帶她出去嗎？想著，米凡看向了加萊。

他斜靠在沙發背上，右手扶著額頭，眼睛盯著地面，不知在想些什麼。米凡看了他一會兒，認為他在思考的東西肯定和她想的八竿子都打不到一塊——可是她好想知道啊！跟這位衣食父母、救命恩人同住了這麼長時間，她連他是做什麼的都不知道，有時候看著他的時候真覺得憋得慌！嚶，她覺得她和他之間的鴻溝特別的寬，讓她十分沒有安全感。

……她還是抓住每個機會刷刷好感度吧。

正盯著加萊，就看到他手在耳垂上按了一下，米凡知道這表示他在和人通話。也許是伊凡夫，她想，那傢伙十分喜歡騷擾人。

可是加萊說了一句話後，口氣忽然冷了下來。

米凡聽見了「父親」這個詞。

咦，父親？她從來沒想過加萊也是有父母的，因為這麼長的時間都沒見過他們，在這裡加萊彷彿只有伊凡夫這個朋友。

「我今天和克羅爾交談過了，他確實有這個意思。但我認為他開出的價碼有些低，那畢竟是圖盧卡星球上唯一還沒開採的中型資源地。」

米凡好奇的看著加萊，他的表情慢慢冷了下來。

「父親，我認為他出的價碼還可以提高。不，我不明白……」

他突然提高了聲音，米凡嚇了一跳，她還未見過他這麼氣憤的樣子。

「我本來就無所謂做什麼族長，你要是喜歡，就讓那個女人生的兒子來當好了！你們才是父慈子孝的模範不是嗎？」加萊冷笑了兩聲，在另一頭男人氣憤的粗重喘息中掛了電話。

米凡小心翼翼的探察著他，他眼神沉沉，不知想著什麼，可米凡很清楚的感覺到……他有心事，他臉上的肌肉慢慢放鬆下來，身體向後靠，怔怔的看著前方。良久，他嘲諷似的輕笑了一聲。

沉寂得像一塊大石的加萊，不知是不是在嘲笑自己的加萊，米凡光看著都覺得有些可憐。

她慢慢的走近他，歪著腦袋看了他一會兒，他都沒有注意到她的靠近。

米凡覺得他需要安慰。拍馬屁套交情的時刻到來了！她跑到他旁邊，輕輕扯了扯他的衣角。

第十四章　正確的主寵關係

That's not easy
to be
moe animal.

加萊轉頭看向她的時候顯然有些吃驚。

「怎麼了，餓了？」他低聲說。

米凡衝他扯出了一個笑臉，湊上前在他的肩膀上安慰的拍了幾下。

——年輕人啊，生活它就是個操蛋的玩意兒。

但加萊顯然沒接收到她的好意，並且完全不懂她的用意。小手在他肩膀上拍拍打打的，難道是無聊了想讓他陪她玩呢？

加萊滿心心事，無意陪她玩耍，手按在她頭頂，將她輕輕推開。

「呃——」

米凡從沙發上蹦回地面，看著他又恢復成沉重深思的姿勢，不再理她。她只好敗退回去。

上次加萊在美豔老闆娘那裡買了好幾個玩具，會唱的、會動的、還有抱著睡覺的絨毛娃娃，米凡本來不大理解他為什麼要買這些，自從知道加萊是把她當作寵物養後，就「理直氣壯」的接收了這些玩具。

加萊不理她，她無聊的蹲在一旁，用手推著那蹦蹦躂躂的小人兒，一邊時不時斜眼瞧一眼加萊。

過了很久，他都沒有動作。

父親從來都是這麼霸道的樣子，他明白父親為什麼會這麼快就接受了克羅爾的要求，不外乎克羅爾在找他的同時，也向父親提出了條件，如果讓他同意，克羅爾大概會幫父親解決他最近捲入的一宗強制性交罪，父親的死對頭信心滿滿的要父親在這個案子中吃一個大虧。所以父親不管他接受克羅爾這麼低的條件要承受上面多大的壓力，毫無轉圜餘地的要求他立刻答應下來。

他將他的兒子當作私有物，認為作為兒子，理應為父親犧牲一切。

想至此，他忍不住連連冷笑。

他不想再讓父親繼續這錯誤的認識了。

他緊繃著嘴，有了主意後，下頷微微放鬆，才感覺到唇舌發乾。巧的是，彷彿受到他的心意指示，一杯水出現在眼底，水面上還蕩著波紋。

加萊眸底漾起異色，卻看到米飯雙手捧著對她而言略大的水杯，舉到他面前，巴掌大的小臉上掛著大大的笑容。加萊遲疑的接過水杯，她便滿懷期待的看著他。在她熱切的視線中，加萊慢慢喝了一口，再瞧她一眼，她似乎很開心，爬上沙發坐在他身邊，咪咪的叫著。

加萊愣了一會兒，對上她彷彿閃爍星光的夜空般的雙眼，心間好像也亮起了螢火蟲般閃爍的光點。放下水杯，他望著她的雙眼，微微笑著說：「謝謝。」

米凡聽懂了，眼睛一亮，興奮起來。

第一次，他清楚的明白她想表達的意思。

這是歷史上小小的一步，這是她人生中跨越性的一步。

這一刻，具有偉大的意義！

加萊被感動了，他沒想到當初隨手撿來的寵物，到如今竟能察覺到他的心情，更沒想到的是，本以為她腦子裡只有吃和睡，卻還懂得安慰他。

一時間和父親談話帶來的壓抑一掃而空，他撓了撓她的耳根，溫柔的順著她的脊背撫著。

米凡立時瞇起眼睛，腦子裡被柔軟的快感充斥，還挪了挪身子，好讓碰不到的地方轉到他手底。

兩人之間頓時洋溢著溫馨和樂的氣氛。

＊＊＊　＊＊＊　＊＊＊

沒幾天，米凡又見到了布林。這傢伙見到她，臉上的肌肉一塊也沒動，可米凡卻很眼尖的判斷他看到她的那一刻，尾巴搖動了兩下。

安麗爾換了一身休閒的服裝，設計簡潔，穿起來卻顯得腿長腰細的。見到按時而來的加萊，她先彎腰摸了摸米凡的頭，才開口向他打招呼。

「這幾天布林很想米飯呢。」她笑說。

加萊瞅了眼看起來呆呆的布林，心情猶如看見了追求自家女兒的男孩，一邊覺得他不如自家女兒，一邊略感自豪，而且還想著：米飯可沒想你。

安麗爾帶他們來到花園中，兩人坐在花叢中的石凳上，米凡自然緊跟著加萊，布林也靠著安麗爾，只不過眼神一直在她那兒。

安麗爾微微笑著和加萊說了幾句，一邊順手在布林的頭上撫摸著。布林側了側頭，在她的小腿上撓了幾下。

她低下頭笑道：「想玩了呀？」

安麗爾隨身帶了一個小包，這時她掏出了一隻玩具小鳥來，黃色的身子，櫻紅的鳥喙，連黑豆兒似的小眼睛看起來都很靈動。

布林一見這隻小鳥，立刻朝旁邊的草坪走了兩步，然後回頭看她。

安麗爾抿嘴笑笑，也走到旁邊那處草坪，手掌向上攤開，那隻玩具小鳥就慢慢飛了起來。

然後布林的注意力就全在那隻小鳥身上了，在它低低的繞到他身邊的時候，他就抬起手去拍它，將它拍到地上，也不去碰，讓它再飛起來。就這樣獨自一個玩得很歡樂。

安麗爾看了一會兒，對加萊說：「他這樣能玩上兩、三個時刻呢。」

唔……加萊盯著那隻小鳥，他也替米飯買一個嗎？

正好小鳥飛到了安麗爾身邊，她便抓住，讓它向米飯飛去：「米飯也來玩吧？」

米凡乍一見這隻活靈活現的小鳥，還挺新奇的，但是看布林玩了好久，也就沒了興趣。小鳥在她身邊飛，她只是看著，以防它忽然撞到自己身上。

「看來米飯不感興趣啊。」安麗爾說。

這時布林追著小鳥走了過來，經過安麗爾身邊時，不小心絆了一下，摔了一跤。

安麗爾撲哧一笑，將他扶了起來。他磕到了嘴唇，紅紅的。安麗爾手指按在他唇上揉了揉，溫聲說：「痛了沒？」

布林發出委屈的一聲輕叫，舔了舔她的手指。

安麗爾癢得笑出聲，在他額前彈了一下。

加萊和米凡都看得愣了。

安麗爾和布林的互動洋溢著一股親密無間的溫馨感，和諧得讓加萊覺得，這才是和寵物相處的標準模式啊！

而米凡這次的想法也和加萊同步了，她捂著嘴想，難道作為寵物要這麼做才是正確的？要是這樣的話，她可以提出申請做個非主流寵物嗎？

轉頭一看，加萊正看著把布林摟在懷裡親的安麗爾，若有所思中。

「米飯。」他叫了她一聲，米凡一抖索，接著就聽到他說：「去玩吧！」

米凡真的打不起精神追著個玩具到處跑，就算陪著她的是加萊也一樣。她一直懨懨的敷衍著，加萊很快也感覺到了，略苦惱的停下來。

和安麗爾比較之後，加萊忽然覺得自己是個一點也不稱職的主人，不僅在物質上比不上，也不如安麗爾和布林之間那麼有默契。他甚至不清楚怎麼才能讓米飯開心。

意識到這一點，告別安麗爾後，他沒有直接回家，而是去了嵐嵐寵物店。

老闆娘聽說了他的敘述後，從櫃檯下拿出了一箱東西，一個接一個擺成一排。

「就算是同種，個體之間的差異也是挺大的。別的寵物喜歡的她不一定喜歡，還是讓她自己挑一挑吧。」老闆娘大氣的一揮手，讓加萊將米飯抱上前來。

米凡好奇的看著櫃檯上的一排東西。其實雜七雜八的東西加萊已買了不少給她，但她通常會對那些東西感到莫名其妙，不知道加萊為什麼會買它們，現在這次……米凡瞅了加萊一眼：是想讓她自己挑咩？

閃著光的球、會唱歌的小鳥、在半空上下躍動的一抹亮色煙霧，看起來都是沒什麼用的。米凡對這些一點興趣也沒有，視線最終停在一個酷似平板的東西上，那螢幕正亮著，顯示著一張圖片，是朵隱在霧氣中栩栩如生的粉色花苞。

她好奇的伸手碰了下，便見那朵花兒緩緩綻放開來。她有了興趣，趴在平板前琢磨著試探著點了幾下，竟讓她退回了控制臺上！

米凡全神貫注的研究著。老闆娘笑道：「這種實體機因為快被淘汰所以很少見了，但是比較適合讓智商較低的寵物玩耍，所以看見這個時就留了下來，它的功能還是不少的，我在上面裝了一些寵物用遊戲，還有簡單的語音模式。」

當米凡點到一個水果的圖片，就聽到平板發出了溫柔的女聲，清清楚楚的唸出了一個名詞，是這個水果的名字。雖然並不知道它更多的功能，米凡也已經激動的把它抓了起來。她就要這個了！

「哦～看起來她很喜歡這個呢。」老闆娘笑道。

米凡抓著平板，睜著大眼期望的看著加萊。而加萊二話沒說，便付了錢。

回家後，加萊還上網訂購了一箱安麗爾給她吃過的紅果子。

買了合她心意的東西，加萊略欣慰。但是他很快發現，米飯對這臺幾乎要被淘汰的落後實體機投注太多的熱情了吧？

他洗完澡出來，看她仍保持著跪坐地上、趴在沙發上的姿勢，手指在平板上點來點去。他看了看時間，回到家四個時刻，米飯就一直沒離開這臺實體機。

加萊不由得皺了皺眉，這樣可不行。

米凡研究了好久，激動的發現這臺平板的功能很多，如果充分利用的話，可以當學習機使用。她覺得應該有上網的功能，但撥拉了半天，也沒找到辦法。

也許要用按鈕？她摸了摸機身的側面，機身很薄，也沒發現有按鍵。

這時米凡手忽然一空，咦？

米凡慌忙抬頭，加萊手拿著平板，不贊同的看著她。

——不要！為什麼要沒收啊！

米凡心底哀號一聲，癟著嘴可憐巴巴的看著加萊，試圖用眼神攻勢軟化對方。

可惜加萊不為所動，「睡覺去。」他很是嚴厲的說。

乖乖的爬上床，米凡仍牢牢的盯著加萊，見他把平板放在了桌子上。

等加萊躺上床，在靜靜的黑夜中呼吸變得緩慢平穩，米凡心裡癢癢的，怎麼也睡不著，偷偷的一點一點挪下了床，她趴到桌邊，擱著胳膊摸了摸平板涼涼的表面。想著以後學成了，說不定能查到地球的座標，再努力點想想辦法和加萊交流一下，或許就能登上去地球的太空船呢？

——媽媽，等我回去吃妳做的紅燒肉！

想得美了，米凡流著口水心滿意足的回去睡覺了，完全不去考慮這邊是異世界，沒有地球存在的可能性。

＊＊＊　＊＊＊　＊＊＊

加萊在那片資源地開採權轉讓上拖了好幾天，只給了克羅爾一個含糊的回答，當時電話那頭克羅爾溫文的說，他會等他考慮，相信他會讓他滿意的。

如果刨除他溫雅大叔的語調，這話含著明晃晃的威脅。

加萊冷冷的想：如果希望我讓你滿意，很簡單，拿出足夠說服我的條件來吧。

雖然克羅爾似乎生了加萊的氣，但是安麗爾卻沒有中斷和他的聯繫，十天來還見了兩次面。最後一次見面時，安麗爾和他並肩坐在花園中的石凳上，雙雙看著花叢中的布林和米飯打鬧。

「我想，用不了幾天，我們就要在諾特丹重見了。」安麗爾直視著前方，輕淡淡的說道。

「……」加萊沉默著思索了一番她的意思，時間、地點、人物，她從哪裡得知的消息？

「……和克羅爾先生有關？」

安麗爾嘴角一翹，說：「我們兩人之間的聯繫，除了我的父親，就只有他們了。」她指著前方的布林和米飯。

她側頭看了他一眼，笑說：「我的父親對你的決定感到很不愉快，我猜，他是向你父親哭訴去了。」

哭訴？怕是威逼利誘吧？

加萊淡淡的笑了笑。所以恐怕父親會催他回諾特丹，當面逼他答應克羅爾的要求。

黑髮黑眼的年輕男孩沒撲到蝴蝶，反而被一隻蜜蜂螫到了手。他眼睛裡流出了生理性的淚水，也不曉得喊痛，只是舉著腫了的手指頭呆呆看著。

「……」被布林硬拖過來的米凡無語的嘆了口氣，走上前看了看，腫得不是很厲害，靠近他時腦中似乎也跟著他感受到了不太明顯的痛感，彷彿隔著一層薄膜。

看起來並不嚴重，反正她也不太懂怎麼處理，等會交給他主人好了。

米凡便回頭看了看安麗爾，正好看見旁邊的加萊又流露出了那種冷諷中摻雜著寂寞的表情。

果然如安麗爾所料，第二天加萊便接到父親冷硬憤怒的通知，要他一天之內回到諾特丹見他。

安麗爾那邊，也因為克羅爾幫她安排了和聯姻對象的見面，而不得不趕回去。

加萊慢悠悠的先到能源部將任務安排下去，處理了些緊要的文件，再與伊凡夫一起在咖啡廳消磨了半天時光。第二天他又去拜訪了安麗爾。

加萊對安麗爾要去見那位訂親一年卻一直沒見過面的聯姻對象沒什麼感想，他們大多是這樣的，婚姻只是兩個家族建立關係的一個儀式，反正沒有感情，婚後大都各有情人。他的母親就是太傻，傻到愛上了他那個卑劣的父親。假使她不去為父親的風流而傷心，她的日子其實能過得很好。

安麗爾也沒有特別的反應，即使沒有見過面，一年的時間也足以讓她將那個男人的資料搜集得徹底了。只有一個問題，這次回諾特丹，管家是要跟著她去的，而且必然不能帶上布林。

加萊也面臨著同樣的問題，他的父親性格並不好，尤其不喜歡動物，他此去是和他吵架的，也不能帶著米飯；唯一可以託付的伊凡夫又表示他過兩天要去艾思奇星球一趟。

加萊和安麗爾兩人商量了一番，決定將布林和米飯託養在易迪寵物學校，那裡也提供長短期的寄養業務。

定下這件事，加萊剛回到家，便接到了父親那邊的催促，語氣不悅的要他趕緊回諾特丹。

他一聲不響的聽著，對方一說完，便掛斷了通訊。

站了一會兒，他走入房中，米飯仰躺在沙發上，一條腿高高的抬著抵在沙發背上，舉著那臺實體機專心致志的看著，連他進來了都沒察覺。

加萊不悅的擰了下眉頭，叫道：「米飯！」

米凡嚇得手一抖，實體機啪嘰一下砸在了她臉上。

……臉要平了。

米凡揉著鼻子爬起來，朝加萊討好的搖搖尾巴。

以後要管制她玩實體機的時間，不能一直玩。加萊正想著如何為她製定一個計畫，便想起來明天就要留她獨自在博索萊伊了。

他靠著桌子站了一會兒，也不知離開他，米飯能不能適應。

晚上，加萊遲遲沒能入睡，旁邊的米飯倒是睡得很香，時不時還含糊的呢喃兩聲。

他索性翻了一個身，看著米飯睡得香甜的側臉。

平常已經習慣了，這時注意起來，她身上散發的清甜香味便又在鼻端清晰了起來。這種氣味格外使人放鬆，這也是他縱容米飯和他睡在一張床上的原因，有她在旁，睡得便格外安心。

也不知道回諾特丹以後，還能不能像現在一樣睡得這麼好。

米飯忽然翻了一個身，頭縮在他的胸前，抓住他的睡衣，蹭了蹭，停止了夢話，沉沉睡去。

她身上的香氣濃郁了許多，加萊微微低一下頭，還能聞到她頭髮上洗髮精的香味。他抱住她，閉上眼睛，好像隨著她依偎過來，心也跟著懷抱一起被填滿了。

一覺天亮，要離開了。

米凡仍以為這是無數個平凡日子中的一天，暗暗計畫著今天的學習課程。

可是她等了好一會兒，加萊卻只在房中走動，收拾出一個不大的背包。然後他打了通電話，看了看米凡，又將她常用的東西包括那幾件衣服放進了包中。

這是要出遠門了？米凡看著加萊的動作吃驚的猜著，於是忙到桌前，把那臺實體機抓到手裡。

加萊隨便看了她一眼，倒是沒說什麼，招手讓她過來，抱起她便離開了房間。

來到那片綠意盎然的樹林前，米凡簡直奇怪極了，不是要出遠門嗎？

更令她奇怪的是，寵物學校那棟紅色小樓前，蘇珊陪著安麗爾和布林站在草坪上。

「加萊先生也到了。」蘇珊笑道。她迎接上去，順手拍了拍米飯的頭。

「您要託養多少天？您可以先看看我們為寵物準備的託養區的條件，然後再簽協議。」

加萊看向安麗爾，「妳看過了嗎？」

「我也剛剛過來。」安麗爾說，「一起去吧。」

加萊默默點頭。

託養區很大，加萊兩人交的是VIP區的錢，為米凡和布林準備的是獨間，乾淨整潔，設施也很齊全，就連挑剔的安麗爾雖還有些不滿，但也知道再也找不到更好的地方了。

「可以。」最後加萊這麼說。

時間不早，是時候離開了。兩人很快簽好了和寵物學校的寄養協議。

「兩位請放心，我們會向您發送您的寵物每日情況的彙報，包括影像在內的各種形式。」蘇珊說道。

安麗爾緊緊抿著嘴，反覆摸著布林的頭。

「該走了。」加萊語氣平淡。

「我知道。」安麗爾回答，又絮絮的用低得聽不清的聲音對布林說了些話。

布林表情依舊，漆黑的眸子中看不出一絲情緒，安麗爾一步三回頭的離開，他也只是站在原地靜靜的看著。

安麗爾先離開了幾步，加萊卻還沒動，沉著眼看著米凡。

米凡忽然明白了過來。

加萊要扔下她走了？為什麼？！

第十五章 寄養的日子

That's not easy
to be
moe animal.

米凡惶惶然的向前走了兩步。他不要她了？把她賣給了這個寵物學校了嗎？為什麼，嫌她太沒用嗎？可是，明明之前沒有預兆啊？

等等，冷靜些，布林不也被留下了嗎？

她瞪大眼睛看著加萊，試圖從他臉上看出什麼。但加萊似乎不願意被她這樣看著，他將手按在她頭頂，擋住她看向他的視線。

「我很快就回來了，妳怕什麼。」他低嘆著說，「這種眼神好像我犯了多大的罪似的。」

罪？她沒有犯罪啊？不是一直老老實實待在家嗎？

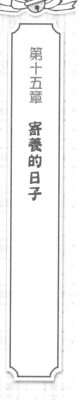

只聽懂了零碎兩、三個詞的米凡驚了一下，更加不知所措了，急忙抓下他按在她頭頂的那隻手，著急的叫著：「冤枉啊，我什麼都沒做！」

她一副惶急的樣子，加萊撇過頭不想再看，再看下去，他會覺得自己太殘忍了，竟然將她獨自拋在這裡。

「乖乖等我接妳。」加萊掙出手，匆忙轉身離開。

「等等、等等！」米凡忙追上去抓住他，「我跟你一起走。」

加萊回身嘆了口氣，看向蘇珊。

蘇珊便忙上前抱起米凡，彎起眉眼對加萊說道：「來寄養的寵物一開始都會不太適應，我們會安撫她的情緒的，您放心離開就是。」

加萊遲疑了一下，點了點頭，但最終在離開前，飛快的俯身用嘴唇在她額前碰了一下。

「聽話。」他簡單的說，然後感到很彆扭似的，頭也不回的馬上離開了。

米凡被蘇珊夾著腋窩抱著，雙腿還懸空著，徹底呆住了。於是加萊離開得很順利，一直走到樓外，才鬆了口氣。

剛剛在米飯面前壓力實在是太大了，彷彿他真的拋棄了她一般，還好最後她沒有叫，不然他會走得很有負罪感。

安麗爾站在外面等著他，兩人對視一眼，都微微苦笑。

被、被親了？

那輕輕一碰留下的觸感就像一陣微風吹了過去，可確確實實是他微涼的脣觸碰過的感覺。算是安撫嗎？好吧，她確實因為這個親暱的動作稍稍定了神。

而蘇珊似乎還在擔心她會跑出去追加萊，仍抱著她不放。被蘇珊抱回布林旁邊的時候，米凡才想起來看他一眼。

喂，太冷靜了吧你？米凡意外的發現他平靜得簡直不像話，對比起來她反倒像有神經質傾向，因為一點小事就鬧開。

米凡頓時不滿，衝他說：「喂，你不怕安麗爾不要你了？」

布林慢慢的看向她，「咪喵」叫了一聲。

「**不怕。**」

不怕？米凡等了好久，也沒聽到他解釋為什麼主人都離開了，他還會這麼坦然。是真的不怕，還是確定安麗爾並不會不要他啊？

布林的淡定好像能傳染人，米凡也靜下心來，仔細想了一下，好像也不用太悲觀？

蘇珊將他們帶到了託管區的房間裡後，安撫了他們一番，然後把加萊和安麗爾帶來的東西拿出來，其中包括米凡的平板和布林那隻會飛的小鳥。

布林立刻跑過去，安靜的看著蘇珊手中的小鳥；米凡也主動上前領回了平板，看了看房間裡的布置，覺得還挺高級的。不一會兒，蘇珊還拿來了一盤好吃的水果。

布林吃得很專注，米凡拿起一顆果子咬了一口，口腔裡頓時充滿了甜蜜的汁水。似乎甜味很容易調節人的心情，米凡竟覺得心情好多了，看來就算加萊離開，也為她安排得挺好的。

吃、住是心中頭等大事的米凡確認了這兩點都沒問題後，就安心下來。

四下轉了一圈，選了一個靠窗的位置坐下，這裡視野正好，可以看到外面成片的綠林。她認真看了一會兒，找到了加萊離開時會走的那條路，不過這時他肯定早走了，路上沒有一個人影。

蘇珊見兩隻小馥都安靜著，沒有了問題，便離開了。

布林自己玩了一會兒，就又湊到了米凡跟前，耳朵一動一動的盯著她。

米凡正捧著平板研究一個詞，嘴巴裡唸唸有詞。

「米飯米飯。」

布林的喚聲在腦海中響起。米凡雙眼無神的看他一眼，唸道：「政府，政府。」

「政府，是一個針對國家的管理系統，是規則的制定者，權力的執行者，即國家意志的表現形式。」

當有些呆板的年輕男聲如機器般這麼響起時，米凡微微張大了嘴。

「你說什麼？」她不可置信的問向布林。

布林歪歪頭，同樣的資訊再次傳進她腦中。

米凡緊緊的盯了他好一會兒，試探著又提出一個詞：「學校？」

「學校，招收特定對象，按照固定流程對其進行有傾向性的教育或培訓。學校分為多種形式，現在圖盧卡已實行了對平民的五十年全面教育，設立綜合學校三百餘所。」

米凡將嘴合上，再次打量了布林一番，「你……自帶詞典嗎？誰教你的？安麗爾？」

布林不再出聲，湊上去舔她的臉。

「別別別，都是口水。」米凡使勁把他的臉推開，嚴肅問他：「布林，你怎麼知道這些詞的意思？」

「咪～」他再接再厲靠近她的臉。

米凡忙脫開兩步，仍思索著這個嚴肅的問題。

也許是偶然學到的？看他這樣子，大概自己也不知道是什麼意思吧。

米凡把安麗爾帶來的那隻小鳥扔到半空，布林馬上將視線投在小鳥身上，不再騷擾米凡。她盯著他拍打小鳥的樣子，看起來傻乎乎的啊！

米凡想了一會兒，也想不出一個合理的解釋來，索性不糾結這個了。趁他注意力在那隻玩具鳥上，趕緊捧著平板另找了一個位置坐下。

蘇珊被一隻暴躁期的鯨哥折騰得一整天都頭疼不已，她的小樓差點被牠用尾巴甩塌了，饒是帶著四個訓導師安撫牠，也被牠撞折了好幾棵大樹。

好不容易這隻鯨哥累了，趴在被牠毀出一片空地的樹林中睡著了。蘇珊留下兩名訓導員看著牠，而她則上樓去看今天剛寄養的兩隻小馥怎麼樣了。

那兩位付的錢不少，相應的，若出了事，賠償金自然也不是個小數目。蘇珊一直有個心願，希望能將易迪學校建設成一個專為貴族階級服務的高級場所。那群貴族雖然總是吹毛求疵，不過出手可是大方得很。

這次的兩位客人，從他們留下的姓氏上看就知道是貴族階層的，做生意留住客源是最重要的，這兩隻小馥一定要好好照看。白天這麼長時間也沒去看看他們，不知還好不好？

蘇珊忽然停下腳步，調出加萊和安麗爾臨走前留下的兩隻小馥平時的生活習慣。

「糟！」她低呼一聲：「還沒幫他們準備晚飯呢。」

「餓了……」腦力活動其實不比體力活動輕鬆，米凡餓得肚子咕咕叫，也看不下去了，上午蘇珊拿過來的果子已經被她和布林一個接著一個吃完了，找了一圈也沒別的吃的。

難道這裡是一天一頓嗎？

布林也餓得沒精打采，直啜自己的手指頭。

米凡晃了晃門，根本打不開，她便使勁的拍打，想弄出些動靜吸引人過來。但是門的材料特殊，只發出了悶悶的聲響。

「有人沒！」米凡拍得手疼，一下子沒砸到實處，卻落到了人的身軀上。

「哎？」蘇珊驚得小呼一聲，下意識端穩了手上的食物。

「怎麼啦？」她說著，反手關上門。

她一進來，布林就聞見了食物的味道，馬上走了過來，緊緊盯著她的手。

蘇珊一低頭，兩雙眼睛閃著光一齊看著她。她忍不住笑了一聲，說：「對不起來晚啦，吃吧。」

蘇珊在房裡走動一圈，收拾了一下布林玩時掉在地上的東西，然後坐在一旁看兩隻小馥並肩坐著、頭也不抬的吃飯。

真乖，跟她白天應付的那隻鯨哥比較一下就更乖了。

吃過飯後，布林有了精神，又纏著米凡玩了一會兒，米凡很是無奈的應付著他，等他累了，趴在放在角落裡的一個墊子床上睡了。米凡這才發現房中沒有床。不過……她坐在剩下的那個墊子床上試了試，挺軟挺舒服的，還不錯。

***　***　***

蘇珊費了一天的時間才讓那隻鯨哥安靜了下來，第二天也沒有鬧騰，她便有了空閒時間，按照時間表帶著米凡和布林出來運動，兩個時刻後再回房。蘇珊走後，米凡就開始抱著平板認字識音，中間偶爾陪布林玩玩。

就這樣，兩天的時光就很快過去了。

米凡覺得過得不僅充實，還挺健康的，加萊上班的時候，她在家一待就待好幾天都不出門的。這兩天如此規律健康的作息，讓她晚上睡覺都十分的香，前兩晚都是一閉眼、一睜眼就天亮了。可是第三晚，卻在天剛濛濛亮的時候，她突然清醒過來了。

外面那嘈雜的巨大噪音就像世界要崩潰了一樣，充塞滿了米凡的耳朵。她聽見一聲彷彿獅子一樣的嘶叫。

布林比米凡早醒，從墊子床上下來，跑到窗戶前專注的向外看著。

怎麼了啊？被吵醒有點不爽的米凡抹了把臉，也跟著走到窗前向外看。

天剛亮，光線還很弱，樹林也是灰濛濛的一片，米凡眼睛轉了一圈，才發現林中有一隻灰色的、足有三公尺高的動物。

破壞聲就是從那裡傳來的。

被樹擋住了一半，米凡看不太清楚，側臉看了看布林，他倒是很專心在關注著那裡。

也沒什麼好看的，蘇珊帶著幾個人急吼吼的衝進了林中，應該很快就能把那隻動物收服了。米凡沒什麼興趣，正想離開，卻聽見一聲嘶吼震得窗戶都顫動了起來。

「怎麼回事！」蘇珊驚險躲過被鯨哥一尾巴甩過來的粗大樹枝，氣急敗壞的叫道。

前幾天雖然暴躁，可慢慢安撫還是能讓牠平靜下來的，但今天破壞力格外大不說，連離牠稍微近一點就會被攻擊。

一個訓導員躲在一棵樹後，探頭探腦看了一會兒，喊道：「我看著像是發情了啊！因為這是隻公的，所以攻擊性很強！」

「確實像發情了。」有人附和。

蘇珊罵道：「寄養牠的那個人明明說已經替牠做了節育了，怎麼還能發情！？不管了！先制住牠再說，別讓牠跑出去了！」

話音剛落，鯨哥長滿倒刺的尾巴就朝她甩了過來，蘇珊驚叫一聲，在幾個訓導員一致的「小心」聲中向旁邊撲去。

鯨哥昂起頭長長的嘶鳴一聲，木墩似的蹄子從蘇珊身上跨過，一步一個重音朝樹林外跑去。

「攔住牠！」蘇珊趴在地上大叫道。

鯨哥雖然身體笨重，可跑得卻很快，眨眼間，就到了米凡所在的紅色小樓下。

好、好像有點危險……米凡從窗前退後了兩步，仍能清楚的看見牠鼻孔因為憤怒而不斷翕動。

不知道這傢伙受了什麼刺激，瘋了一般刨著地，然後一頭朝小樓撞去！砰的一聲，樓體都跟著震動了一下，緊接著就是一樓那扇玻璃門破碎的聲音。

布林受驚，目光緊緊鎖在房間的門上，尾巴上的毛都立了起來。

米凡也不禁擔心起來，不知道牠會不會爬樓梯？

事實證明，牠會的。

經過在一樓的一番橫衝直撞以及和訓導員之間的拚殺後，鯨哥把樓梯旁擺著的漂亮瓷器摔了一個粉粹，一路狼籍的衝上了二樓。

聽著走廊上危險的碰撞聲，布林的臉色都變了。米凡也意識到不妙，這傢伙的破壞力實在是太強了，她能聽見蘇珊氣急敗壞的喊聲，看起來也是沒有處理的辦法。

要是牠闖進來……她正想著，門忽然重重一響！

這傢伙在撞他們的門啊！

米凡暗罵了一句臥槽，轉身跑到窗前。為了防止寵物從窗戶摔下去，所以房間裡的窗戶都是密閉的，但唯一的出口就只有這個了。

希望不是防彈玻璃，米凡默唸著，掄起房間中僅有的一把椅子，使足了力朝窗戶砸去！

窗戶和門同時響起的碰撞聲讓布林神經極度緊張，當窗戶嘩啦一聲碎了的時候，他一下子往後蹦去。米凡可不管他，她急著把房間內的軟墊啊毯子啊統統往樓下扔去，然後跳起來把窗簾扯了下來，牙齒指甲齊上，把窗簾撕成了條狀，繫在一起。還好只是三樓，並不高，米凡先把身體緊繃的布林扯了過來，把窗簾連成的繩子繫在他身上，不由分說把他往窗邊推。

布林知道她要做什麼似的，拚命的往後退。

身後越來越大的撞門聲讓米凡也沒了好臉色，她在他耳邊吼道：「給我下去！」

布林被她嚇得不敢再退，被她一把推了下去。

看到布林平安著地，米凡也準備要跟著跳下去，這時她又一頓，把剛才往下扔墊子時落在窗邊的平板匆匆撿了起來。強烈的危機感一直在催促著她，以至於她往下跳的時候什麼也沒想，也沒感覺到恐懼，順利的雙腳落地，撲倒在她睡的那個粉色墊子床上。

「快走快走！」

米凡嚷嚷著蹦起來，一抬頭，發現布林竟然自己把腰上的窗簾解了下來。這倒省了點時間，她手忙腳亂的把繫在腰上的窗簾解開，剛向布林伸出手，他就一把抓住了她，帶頭朝樹林的方向跑去。

米凡被布林拖著跑，還沒跑到樹林邊緣，屋子裡突然爆出一陣火光，米凡看見自己的影子被火光映成金黃色，在地面上拖得長長的，她驚訝的轉頭，心中瞬間閃過一個念頭：喂，太誇張了吧，竟然動用武器？

可蘇珊大概是低估了鯨哥的皮厚耐操……一陣炮轟後，鯨哥毫髮無損，卻更怒了，仰天長嘯，破窗而出。牠四蹄穩穩的踩在地面上，甩了甩腦袋。

蘇珊扛著火箭炮從窗戶裡露出頭，接著轟牠，想著只要能把牠弄暈就可以了。鯨哥撩開蹄子往前跑，身後是一串串火光。

「等等──別打了！牠在往那兩個小腹那裡跑！」蘇珊的旁邊伸出一個頭，焦急的嚷嚷道。

「媽的！」蘇珊爆了粗口，「你快過去把他們倆帶回來！」

混蛋啊！她招誰惹誰了？眼見著那隻大個頭的傢伙帶著一串火光朝他們直直奔了過來，米凡恨恨的咬了咬牙，衝布林叫道：「分開跑！」然後她轉頭朝樹林裡鑽去。

「呼哧呼哧──」米凡的體力不好，跑了沒一段路就快喘不過氣了，可鯨哥追在後面，一路踩平各種花花草草、撞歪小樹的聲音不絕於耳，逼得她不敢停。

簡直倒楣死了，米凡一邊破風箱似的喘著氣一邊想到，大概唯一算是好事的就是牠沒追向布林？算是好事嗎？

「咪～」

啥？米凡猛一轉頭，竟然看見布林就在她兩步後的地方跑著。

「你怎麼、呼，怎麼跟著我！？」

布林無辜的看了她一眼，接著專心致志向前衝。

「嗚──嗷──」

這一聲震得頭頂的枯葉都紛紛落了下來。聲音離得好近，米凡一抖，忽然看見前方一亮，竟然已經跑出了樹林。

前面越看越眼熟，米凡一邊跑一邊想，不料腳下一絆，一個踉蹌就要磕個狗啃泥。一聲驚呼憋在嗓子眼裡還沒叫出來，布林在她身後一把拉住她的胳膊，一使力將她已經往前倒的身體抓了回來。

電光石火間，米凡忽然想了起來，這裡不就是每次加萊來寵物學校時的瞬移點嗎？因為是夜晚，所以和白天看起來不太一樣，她竟然這時才認出來。

她反握住布林的手帶他向右跑去，果然幾十秒後那處不大的瞬移點就出現在眼前。

布林彷彿知道她在想什麼似的，被她推過去之後就站定不動了。米凡摸索了一番，好幾個按鈕還是同一個顏色，下面有標明，而那隻鯨哥笨重的身影已經在晨曦中越來越明顯，米凡情急之下一個字也辨認不出來。

加萊平時按的是哪個？哪個？米凡恨不得把自己的腦袋挖出來翻著找。

「**過來了……**」

布林的聲音忽然在米凡腦中響起來，弱弱的，帶著恐懼。

米凡紅著眼轉頭看了他一眼，只見他耳朵和尾巴都直立立的豎著，一眼不眨的看著已經身形清晰了的那隻鯨哥。她順著他的視線看過去，正好瞧見牠尾巴一甩，輕而易舉的將路邊一個一公尺多高的自動販賣機扔向了十公尺開外的建築裡，結結實實將其嵌在了牆裡。

也不知她和布林哪裡惹到了牠，牠一雙牛眼從跳下小樓的那一刻就鎖定了他們，要是追上他們，也許會像瘋子一樣把他們撕成一片片的。

不、不管了！米凡一狠心，按照記憶力模糊的印象，隨便挑了一個按鈕按了下去！

＊＊＊　＊＊＊　＊＊＊

「布林……」米凡面色呆滯的直視前方，喃喃問道：「我們到哪裡了……」

布林咪咪的叫了兩聲，甩了甩尾巴，蹲下來不動了。

他一坐下來，米凡也感覺到腿痠得站不住，便也跟著坐在布林身邊。她剛捶了兩下腿，身後忽然發出一聲悶悶的爆炸聲。

那傢伙不會智商那麼高追上來了吧？！

米凡猛地蹦起來看過去，視線觸及他們剛從中走出來的瞬移點時，瞳孔頓時擴大。

真的是爆炸！瞬移點的控制板都變黑了，冒著一縷縷的黑煙。

瞬移點連接的那一端，鯨哥還在憤怒的用頭撞著米凡和布林剛剛站著的地方，控制板滋滋作響的迸出火花。

米凡艱難的扯了扯嘴角。很好，現在她要怎麼回去？

第十六章 尋路

That's not easy to be moe animal.

……算了，車到山前必有路。

死盯著報廢的瞬移點看了一會兒，米凡沮喪的轉開了頭。剛才她還覺得逃生時仍不忘拿平板挺可笑的，但現在覺得自己真是有先見之明，說不定這個會有大用處。她又瞧了瞧旁邊的布林，擺脫了那隻鯨哥後，他就天下太平的樣子。

其實有他陪著，也算是件好事。這樣看來，她的運氣也不是很糟嘛！

本來米凡一直以為，這顆星球除了冰冷冷的建築群之外就是大片的沙漠，後來親眼看見了才相信這裡也是有植物的，但還是很少，顯然除了像安麗爾這種貴族以外，也就是像易迪寵物學校這般有特殊需要的場所會特意種植植物了。

平時偶爾吃到的蔬菜，她都認為是從別的星球運來的，畢竟這裡的環境這麼惡劣，怎麼種得出蔬菜嘛！不過按照目前的景象來看，要嘛是她被傳送到了外星，要嘛就是到了蔬菜種植基地？

米凡一邊捶腿一邊四處張望著，沒看見建築，舉目四望也只有無數的大棚，幾條直直的大道將這裡分隔成幾塊規整的區域。

沒有人，看起來也很安全就是了。

剛才米凡認真的在那個平板裡翻了好長時間，她記得曾經摸進去過一個百科全書式的資料夾裡，還附帶圖片解說，最後終於讓她找到了交通類分類，然後找到了瞬移那篇的介紹。雖然看不太懂，不過似乎有分一、二、三步驟的使用教程，她拿給布林看，他點著那張顯示著瞬移點的圖片咪咪嗚嗚叫了兩聲。米凡覺得他應該比她懂得多些。

總不能一直坐在這兒，再說天也已經亮了，米凡打算順著路往前走，先找到個能用的瞬移點再想辦法。她站起來拍拍屁股，對布林說：「走吧？」

布林仰著臉，眼睛眨眨，尾巴搖搖，就是不起身。

米凡額頭上蹦出個井字，叫道：「快點啦，我知道你聽懂了！」

好不容易拉著布林上了路，走了很久，久到她都餓得沒感覺了，才看見前方有一間低矮的房子。

布林忽然不肯再往前走了，米凡皺了下眉，耐心問道：「怎麼了？」

他歪了歪頭，好像在思考，不久之後，米凡聽到他有些猶豫的回答——

「會被抓……」

「……為什麼？」

「錢……」

米凡抿了抿嘴。將他們抓起來賣錢嗎？她剛剛完全沒考慮到這個問題，這麼說的話，靠近人群反而是危險的嗎？她可不想被抓起來隨便賣掉！說她懦弱也好、貪圖安樂也好，她不認為換個環境會過得更好，她已經適應了和加萊一起生活，並且……明明一切都在變好啊！若不是出了這點變故……

可總不能一直不接近人群，不然怎麼弄到吃的？怎麼找到回去的辦法？

在空曠的寬闊大路上呆呆的站了一會兒，米凡咬了咬唇，遲疑的向身邊唯一可以商量的同伴問道：「如果裝扮一下，會安全些嗎？」

這次布林似乎沒明白她的話，眼神無辜的回望。

「哎——」嘆了口氣，她退後兩步把布林從頭到尾打量了一番。

是不是該慶幸安麗爾和加萊一樣也讓他穿了衣服？並且除了料子和設計好些，樣式和她曾經在街上見過的路人並不會差別很大，如果把尾巴和耳朵遮起來——

米凡打算偷兩頂帽子；尾巴的話，只要塞進衣服裡也就不會太容易被發現了。

她舉高手摸了摸布林的頭，好好的安撫了他一番，好不容易勸得他跟她繼續往前走了，兩隻在沒有任何遮掩物的大路上提心吊膽的前進。

這是個冒險，因為一旦有人從對面走過來，他們連躲都沒處躲，必然會被認出他們是沒有主人的寵物。

如果他們知道小馥是種寵物的話還好，如果不知道，當作野味……呃啊……米凡打了一個哆嗦。

不過待在原地也是一樣，不，甚至更加危險，那處是瞬移點，有人出現的機率更加高。

米凡一邊走、一邊警戒的打量四周，一隻很溫暖的手卻忽然握住了她的。米凡驚訝的轉頭看向後方，布林面無表情亦步亦趨的緊跟在她身後。

「你要乖乖跟著我喲！」米凡反手緊緊的握住了他的手。

筆直的大道走到頭，路邊的景象始終不變，單調一致的大棚，每一個都像是同一個範本複製出來的一樣，走了這麼長時間，米凡有那麼一個瞬間覺得她還停留在原地。

不過，眼前最終還是出現了一個分岔口。米凡停下來，兩條路相同的寬度，以分毫不差的角度向兩邊延伸。

選哪條？路雖然相同，可兩條路的盡頭一定是不一樣的。

她猶豫不決，布林卻等得不耐煩，左右轉著頭嗅了嗅，就向右邊那一條路走了過去。

「哎哎？要走這邊嗎？」米凡小聲說著，連忙邁步跟上。

反正她自己也沒有主意，就相信布林吧，剛才他也許嗅到了什麼。

一路上仍是寂寥無聲，米凡刻意放小的聲音都清晰無比的向四周擴散。太安靜了，靜得她心慌。她提心吊膽的，總覺得這過分的平靜一定會由一個令人驚駭的事件來打破。不過，直到米凡的肚子裡傳出咕嚕咕嚕好大的叫鬧聲，米凡他們倆都沒有遇到什麼。

米凡苦著臉捂住胃。這片基地到底有多大？什麼時候才能走到頭？不會直到餓死都走不出去吧？

布林的耳朵無力的耷拉著，蹲在地上不肯走了。米凡嘆了口氣，乾脆也坐在了他旁邊。

布林的尾巴微微掃了一下地，委委屈屈咪的叫了一聲。

「沒錯。」米凡點點頭說：「看來最要緊的不是找到瞬移點，而是找到食物……」

毛茸茸的耳朵忽然抖了一下，布林雙眼閃亮的看著米凡。

被這樣充滿期盼的目光看著，米凡壓力好大，她朝他伸出手，說：「來，再往前走走看吧。」

布林眼中的小火苗又熄滅了，他從喉嚨中發出低微的聲音，情緒低落的被米凡拉了起來。

布林和米凡一樣，都是被自家主人嬌養大的，拖著雙腿走了這麼久的路，米凡早就覺得腿痠腳痛了，像灌了鉛一樣，邁開腿都很累。布林應該是第一次遭這種罪，他的體質不會比她好多少，可布林除了他表現出的沒精打采外，一直都很安靜聽話，米凡便像模像樣的摸了摸他的腦袋。

「別擔心，大不了我們去偷蔬菜。」米凡安慰道。

其實路邊連綿無邊的大棚她連入口都摸不著，不過還不用走到這一步，道路兩邊的景色變得不再單一，那些毫無變化的大棚逐漸稀少，最終完全消失，地面上空蕩蕩的，像是被一層堅硬的殼覆蓋。

本來抱著希望，碰不到人煙能看到些植物也好，可是她忘了這裡是圖盧卡的地下，植物並不是隨處可見的。繼續走了一段路，米凡擔心起來，她抬眼看了下布林，他耳朵耷拉著，尾巴垂著，連眼皮都睜不開了，這樣一副連睜眼的力氣都快沒有了的樣子，卻還是緊緊的拉著米凡的手。

這時米凡心中已經有了這樣的想法，如果真的撐不下去，那麼被人發現他們兩個也算一種為求生而不得不選的選項。不過，這是下下策，如果不到不得已的地步，還是靠自己比較好……

安靜無聲的前行中，米凡的腦海裡卻塞滿了各種思量。她一個人也就算了，但身邊布林的存在，讓她覺得自己一定要慎重和努力。

哎？米凡忽然發現路邊的地面又發生了變化，開始有一些破碎的小石塊散在地上。再然後，碎石越來越大，鋪滿一地。米凡終於看出來，這一片是建築倒塌後留下的廢墟。

曾經有人生活過的痕跡讓她精神一振，不知從哪裡湧出的力氣讓她拖沓的步子變得輕快起來，繼續向前前進了一段，路邊廢棄的建築逐漸有了完整的、或是破敗的牆面。

米凡拉著布林踩著凹凸不平的地，一個接一個的鑽進那些看起來不會碰一下就塌掉的房屋，逐一搜尋。這裡應該廢棄了很長時間，不知道當初發生了什麼，但這不是米凡關心的事情，她好不容易從亂七八糟的角落裡找到了幾個罐頭，但是因為時間太久遠，她不確定這些東西還能不能吃。

不知道圖盧卡的食物保存期限有沒有比地球更長一點呢？米凡思考著，同時肚子咕嚕咕嚕的又叫喚了幾聲。

布林的目光早就直了，腦袋湊在米凡手邊，鼻子不停的聳動著。

米凡想起道路一望無盡，再走下去大概一時半會也不會有變化，這些食物吃還是……她正想著，布林動起來了，他捧住罐頭，笨拙的擺弄著，不一會兒竟然讓他打開了。

「啊呀！」米凡驚叫一聲，伸手去阻止，可布林已經舔食了一口。

米凡停下來，憂心忡忡的看著布林。糟糕了，要是吃壞了肚子怎麼辦？吃壞肚子是小事，這些不知道放了幾百年的東西如果過期有毒，中毒生病可怎麼辦！？

不過……布林好像吃得很香，看起來多麼美味的樣子。

變質的食物應該不會很好吃吧？難道能夠相信一下圖盧卡的食物保存期限？還有布林的動物直覺？罐頭裡是一些顆粒狀的東西，跟她一開始被加萊撿到時吃的玩意兒差不多的樣子，這種缺少水分的食物，應該比較容易保存？

米凡也打開一個罐頭，吃了一口。舌頭感到食物的重量與味道時，唾液立刻開始分泌，她不由自主大口咀嚼起來。真的……很美味。米凡淚流滿面的想：不管了，死也不能做個餓死鬼呀！

顧不得考慮別的，從沒這麼狼狽過的兩隻勉強填飽了肚子，米凡在衣服上蹭蹭手，透過牆縫看到外面的光線暗了下來。

她站起來，休息了一會兒後，痠軟更加明顯。米凡扶著牆，在他們停留的這間屋子中轉了一圈。

布林撥拉著地上的空罐頭盒，靜靜的看著米凡。

今晚就在這裡休息吧。米凡把那個大概是沙發，但是現在已經看不出原樣的家具拍打了幾下，坐下來深深的鬆了口氣，終於能休息一下了。

布林爬上來，坐在米凡身邊緊挨著她。

也許是一種本性，來自生物的體溫總會比任何取暖設備讓人感到舒服。布林的腦袋搭在米凡肩膀上，沉甸甸的重量反讓米凡覺得踏實。

她微微側首，鼻尖碰到布林的耳朵，毛茸茸癢癢的。眼皮沉重的耷拉下來，米凡的身體向一邊歪倒，連著布林，兩隻斜歪在沙發上，擠成一團睡死過去了。

第二天，米凡還睡意昏沉的時候就感到胳膊又疼又麻，好難受，她動了一下，卻被壓得動不了。她完全清醒過來了，轉了轉腦袋，發現布林整個趴在她身上了，細微的呼吸聲伴隨著身體的輕輕起伏。

——怪不得一覺睡醒還是覺得很累！原來是被這傢伙壓的。

本來是想把布林叫起來的，可是推了他好幾下，他的腦袋在她身上蹭了蹭，差點被她推得掉下去，都還沒有醒。米凡頓時憐惜起來，他和她不一樣，畢竟是隻純正的小馥，自出生就沒吃過苦，現在這樣乖順，真的很棒了。

米凡放棄了，沒再試圖叫醒布林。她挪動了下姿勢，將一直隨身帶著的平板掏了出來。

米凡覺得，即使這種實體設備在圖盧卡很落後，只值得給「非智慧生物」玩，但一定有足夠多的基本功能，說不定能讓她摸出 GPS 定位什麼的……

雖然米凡努力的學習，但自學外語不是那麼容易的事情，她現在還認不了太多圖盧卡的文字，這個平板也還只能胡亂操作。

米凡在心裡猜著點點碰碰，半晌後竟然真的讓她點開了導航……

……幸運之神您終於眷顧我了嗎？！

米凡看著螢幕上表示著她和布林所在的紅點，激動得手一抖，平板就順著沙發往地面上滑了下去。米凡嚇得心猛跳，急忙去撈。

「嗚……喵？」

她半個身子都探出沙發，劇烈的動作讓布林醒了過來，他還沒睡醒，迷迷糊糊的叫了一聲，坐起來。米凡把加萊送給她的平板抱在懷裡，撐著身子站到地上，轉身。布林睜著迷濛的眼睛，視線一直黏在她的身上。

米凡伸手，在布林睡得亂糟糟的頭髮上使勁揉了揉，想著：我們一定能回去的。

有了導航，米凡知道她和布林的所在地離聚居區還遠得很，昨天走了一天，在地圖上顯示出的不過是一截手指頭那麼長。未知才是最令人恐懼的，明白了現在的處境，米凡倒做好了心理準備。

這片廢棄的居住區並不大，走過這一段，接下來的路還會是荒無人煙。出發前，她徹底將這片廢墟搜索了一遍，又從灰塵堆裡找到了三個罐頭和一袋糖果，她小心的收起來帶在身邊，牽起布林的手，繼續前行。

四周始終沒有一絲聲響，圖盧卡的地下城市不會出現野生的生物，能聽到的所有聲響除了她和布林的腳步聲，就只剩偶爾拂過耳畔的細微風聲。時間久了，米凡好像聽到從地底下傳上來的轟隆轟隆聲音，就像這顆星球躁動不安的心跳聲一樣。

這個時候，米凡萬分慶幸身邊有布林的陪伴，她向旁邊的布林走了幾步，緊挨在他身邊，聽著布林因為長時間的跋涉變得有些粗重的呼吸，心底那油然而生的惶恐慢慢消散。

「累嗎？」米凡問道。

聽到她的叫聲，布林腳步慢了下來，從喉嚨裡發出低低的聲音。

米凡聽不懂他的意思，但能感覺到他的情緒。她朝導航地圖看了一眼，好像已經走了很長很長的一段路了，但在這地圖上，他們走過的只是微不足道的一小段而已。

歇一會兒吧……米凡拉拉布林的手，就地坐了下來。

筆直望向地平線，永遠也看不到盡頭的漫長的道路依舊延續著，如果不是路邊的景象發生了變化，米凡根本分不清這一段路和前一段路有什麼區別。

再走下去，路邊荒蕪的景色終於消退，取而代之的是連綿的大棚，和他們剛瞬移到這邊時的那個地點的大棚有些區別，認真說的話，好像更高級些，細節更多。

不知不覺，已經是四天後了，從廢棄區搜尋到的食物節省著食用，也只剩幾塊糖果了，不斷行走消耗的能量實在太多了。而如今他們面對的最大問題不是食物，他們已經好幾天沒有喝過水了。

米凡吧嗒一下嘴，想像著話梅和山楂的味道，卻連一點點口水都分泌不出來了。

她和布林幾乎是拖著腳，毫無生機的前行。

一定要堅持……她一個勁的替自己鼓舞著，努力握住布林的手。

布林忽然自己絆了下自己，踉蹌一下，往前面摔去。米凡被他扯了一下，無力的手腳不聽使喚，兩隻齊齊倒在地上。

呼……米凡閉上眼睛，真想就這樣躺著不用再起來。她這樣想著，腦子果然昏沉沉迷糊起來。先歇息一下，睡一覺再說吧……

布林趴在米凡的身邊，他是先摔在地上做了米凡的墊背，胳膊肘被摔痛了。嘴唇抖了抖，他沒有發出任何聲音，無比安靜的爬起來。可是一路以來一直牽著他的米凡卻沒有起來，布林疑惑的低頭看向她。

米凡並沒有昏睡過去，她閉著眼睛，卻恍惚看到了一個身影。那是她最惶恐無依的時候，她甚至不知道身處哪裡，全然陌生的環境，她身無寸縷，周圍除了冰涼的建築看不到一個人。那時候出現的加萊的背影，就深刻的印刻在米凡的心底。

對那一刻的她而言，那簡直是如同救世主一樣的背影。

真希望睜開眼時能看到這個身影啊……

就在這時，涼涼的什麼東西碰到她的臉上，她費勁睜開黏在一起的眼皮，看到的卻是布林的大眼睛。布林用鼻子在她臉上蹭了兩下，米凡吁了口氣，努力的坐起來，順手摸了摸布林：「謝謝你。」

米凡還是沒有接著前行，她感覺身體已經隱約到了極限，不能再這樣下去了。看著展開的地圖，離最近的聚集區還有那麼長的一段距離，她到底還是高估了他們的行動能力。

早知連小命都可能不保，當初直接守在壞掉了的瞬移處等著人發現就好了……米凡愣愣的看著前面想著。

——哎等等，這裡還是種植區，這說明什麼？其實這裡還是存在有人活動的跡象不是嗎？

她猛地站起來，在布林迷茫的視線中大步走向道路。

這些大棚一個挨一個，表面光滑不透明，找不到一點縫隙。米凡繞著轉了一圈，沒有找到進入的方法。不過沒關係，她不需要找到入口。

數分鐘後，刺耳的警鳴聲劃破久久籠罩在這一片區域的寂靜，米凡氣喘吁吁站在被她手腳並用弄破的大棚外，露出了一絲微笑。一鼓作氣，她連接弄壞了好幾個，然後在此起彼落連接不斷的警鳴聲中，拉著布林遠遠的躲了起來。

第十七章 好運氣

That's not easy to be one animal.

空氣洶湧的盤旋流動，匯聚成一團漩渦。一架飛行器緩緩下降，片刻，從裡面走出來一個男人。

「怎麼回事？」他嘀咕著跳下飛行器，撓撓腦袋。

他是駐守在附近的蔬菜基地看管員，遠端控制著基地的種植流程，基本不需要親自管理，所以他也很少到這裡來。

接到基地的警報後，他盡職盡責的過來查看，但他想著大概是發生了什麼意外，絕沒想到是有人故意破壞，畢竟這一片地帶少有人，也不會有人無聊到亂搞破壞的。

根據發出警報的大棚編號，他很快找到了出事地點，看到明顯是被暴力破壞的跡象，嚇了一跳，急忙查看一番，卻沒有發現損失。不過事態有些奇怪，他謹慎的往上層彙報過去，然後在四周搜查了一圈，只有這幾個大棚被毀壞，而且沒有破壞者的蹤跡。

上層的回覆很快傳了下來，會派人來修理並調查，他便返回飛行器，打算回去。

飛行器捲動著氣流上升，他並沒有發現縮在後面雜物中的兩隻瘦小的生物。

抵達在米凡這幾天一直以來的目標杭北市，他將飛行器停留在基地的駐站。走出艙門，他抽抽鼻子回身看看，嘀咕道：「奇怪了，怎麼覺得裡面有股香味……」

走遠了嗎？很久以後，米凡才敢從雜物堆裡探出頭，小心打量一番，打開飛行器艙門。只一眼她就確認他們到了聚居區，而且她覺得她聞到人氣了！

太好了！米凡高興的回身，將身體還埋在一堆雜物中、一直看著她的布林拉起來，衝他噓了一聲，說道：「別出聲，我們去找吃的。」

米凡此刻覺得四肢重新有了力量，這架又破又小的飛行器是停留在基地駐地內的，她牽著布林鬼鬼祟祟走了一段，萬幸沒有碰到人。

在看到駕駛飛行器把他們解救出水深火熱之中的那個男人後，米凡忙拉布林隱藏身形。

等那個男人走進一間建築物內，米凡四下看看，找到一處比較隱蔽的角落，藏在那裡一直耐心的等到天黑。

從男人駕駛的那架飛行器其實就可以看出來，他的工作待遇不怎麼樣，相當於公車性質的這架飛行器是很老的一個型號了，看起來還髒兮兮的。他的住所也從另一個方面反映了這一情況，防禦系統弱爆了，米凡幾乎沒費太多功夫就溜了進去。

這個男人的居住處也是布置簡單，米凡很快找到隨意亂放的一些食物，全部抱在懷裡，然後找到飲用水後就向外面跑去。

布林在原地坐著，渾身都埋在黑暗之中，他乖乖聽從米凡離開前的囑咐，一聲不吭的連動也不動，以至於米凡差點找不到他。米凡小跑著到布林身邊，手一鬆，食物落在地上，她順手抓起一包塞給布林，自己也迫不及待開動起來。

黑夜中窸窸窣窣的聲響就像有老鼠逃竄了出來一樣，經過幾天的飢渴交迫，米凡控制不住的大吃大喝，胃脹滿了也停不下嘴，越是這樣的充實感越讓她沒辦法停下。

而布林仍是沒有精力的樣子，吃得雖然很專心，卻不像米凡那樣狼吞虎嚥。

米凡嘴裡鼓鼓囊囊的，空著的左手向地上一抓，撈了一個空。她吃驚，仔細一看，抱出來的一堆只剩下布林腳邊的一包了。布林正舔著手指頭，正當米凡望著他腳邊，反省自己是不是搶了他的那份時，他縮了下腳，把剩下的唯一那份推向米凡的方向。

「咪……」他小聲叫了一聲，然後繼續舔手指。

米凡：「……」

趁著還沒被發現，米凡又溜進屋裡將能找到的吃的搜羅一空，又順手拿了幾件衣服，才帶著布林跑開。

男人的衣服對於米凡和布林來說都太大了，但米凡要的就是這個效果。她幫布林穿上外套，將兜帽拉上，大大的帽子垂下來，布林的眼睛都快遮住了，這樣看起來，除了身高有些可疑，應該不會有人想到他會是一隻小馥。

米凡也同樣裝扮，摸摸屁股，尾巴也好好的遮在衣服下面。只要不說話，裝啞巴就好了。有人的聚居處一定會有瞬移點的，接下來先找到瞬移點再說。

天亮後，街道上的行人漸漸出現，三三兩兩看起來倒是冷清，像是大年初一的街道，米凡猜這裡應該是比較偏僻，是個較小的鎮子。

她牽著布林，戰戰兢兢的和這些路人一同走在路上，為了證明她一點也不心虛，所以故意挺著胸走在路中央。可周圍人不斷投在她身上的視線讓她心驚膽戰。

怎麼了怎麼了？難道暴露了嗎？！

她倒是沒有想到，她和布林穿著不合身的衣服，手牽手走在街上，看起來極像一對離家出走的兄妹。好在沒人想多管閒事，只是奇怪的多看上幾眼。

米凡在頻繁投過來的視線中實在撐不住了，在沒人的一段路上拉著布林鑽進了一條狹路。按照一般的情況推測，瞬移點應該在小鎮的中心。米凡手上的地圖還是比較精準的，代表著他們兩人的紅點離小鎮的中心不遠，她辨別了一下方向，拉著布林接著走下去。

不過越是中心，人就越多，小路很快到頭，米凡能看到它盡頭一座高大雕塑下來來往往的人流。

米凡轉頭向布林屁股上看了一眼。嗯，尾巴沒露出來，上吧！

她剛邁步走了兩步，卻聽到一陣不小的聲響。

循聲找過去，米凡發現這條小路右邊的牆塌了一塊。

嗯？她路過的時候多看了兩眼，這面牆外有片不大的廣場，佇立著一座白色的建築，掛著徽章。

米凡覺得這建築上牌子的字看起來很眼熟，一定是她認過的字。

她正努力的辨認著，原本停留在廣場上不動的十幾架機器人好像接受了統一命令，滑向建築，在米凡的目瞪口呆中，以無法想像的靈敏力量和速度將偌大的一棟建築拆倒，眨眼間，那建築就矮了好幾公尺。

米凡躲在牆窟窿後好奇不已的看著，是圖盧卡的拆遷工程嗎？真是超高的效率啊……

不到半個小時，廣場上就只剩一堆廢墟了。機器人滾著輪子溜了幾圈，齊齊撤走了。

觀摩完畢，滿足了好奇心，米凡也準備繼續前進，但是布林卻沒有跟上她，反而從牆窟窿裡鑽了出去。

「哎哎？布林你去做什麼？！」米凡連忙追上去。

布林似乎也對剛才的光速拆遷很感興趣，在剛才機器人停留的地方轉了好幾圈。米凡回想起來不禁也嘖嘖稱奇，那些機器人看起來細胳膊細腿的，個子也不大，可卻是超乎想像的有能力呢。

哎呦？什麼東西？米凡在布林身邊閒晃的時候，腳底下忽然踩到了一個硬硬的東西，退後一步低頭一看——項鍊？

米凡拿起來看了看，紅色的寶石掛墜閃爍著瑩瑩的光芒。好漂亮的項鍊，可是怎麼會掉在這裡呢？她看了眼旁邊的廢墟，忽然想起了沒被拆之前建築物上掛的牌子上的字是什麼意思了。

神經科研院所……

大概就是這個，反正米凡還在博索萊伊的時候對這個詞有些印象——不要問她是怎麼接觸到這種專業詞彙的，她記不起來了。

這條項鍊，應該也是科研院裡的吧。

真漂亮。米凡用食指勾著項鍊看它在半空中晃來晃去，轉換角度而散發不同的光澤。布林也轉頭看著她的手，米凡朝他笑笑，「竟然能撿到寶貝，我們的運氣一定變好了。」科研院都已經被拆掉了，這項鍊也是沒有主人的了，米凡便收了起來，戴在脖子上。

「希望能保佑我們好運。」她捏著紅寶石掛墜在心中說。

「卡啦……」手指往下一沉，米凡覺得她聽到了掛墜發出一聲響。是幻覺嗎？她沒那麼大力可以把寶石都捏碎吧！

米凡忙挪開手指檢查。

「還好還好，沒壞掉……」米凡喃喃的說，「……咦？」

自語的米凡一愣，半張著嘴愣了半天，然後茫然的看向身邊唯一的生物。布林也看著她，眼神無比天真無邪。

她剛才說話時……好像發出的不是小馥的叫聲。

清了清嗓子，她顫巍巍的開口：「那個，啊，天吶！」

她跺了跺腳，連著叫了三聲天吶，然後搭著布林的肩膀使勁搖晃，「布林你聽到了嗎？我能說話了！對不對、對不對？我在說話對不對？」

布林也意識到了，他的眼睛瞪得圓圓的，露出了一絲無措的神情。

米凡激動的在原地蹦了好幾下，徹底發洩她激動的情緒後，她吸了口氣開始想這是怎麼發生的。

猜起來並不難，米凡將拾到的這條項鍊拿下來之後，就又失去了言語的能力，證明她忽然擁有的說話能力的確和這條項鍊有關。也許它是這所科研院的研究項目，正好讓她撿到。

有了這個，只要把耳朵和尾巴藏好，她一定不會被人發現是小馥的，回到博索萊伊也就方便許多了！她心中迅速將擁有這條項鍊後的優點列了出來，笑得露出了一口白牙。

布林疑惑的看著米凡，在她笑的時候，他向後縮了縮。

米凡轉頭衝他彎眸一笑，說：「布林，我們的好運果然來了。」

＊＊＊　＊＊＊　＊＊＊

「咪喵咪咪喵，咪咪喵～」

好多聲奶聲奶氣的叫聲擾得加萊從睡夢中醒了過來。

怎麼這麼吵……一邊這麼想著，加萊睜開了眼睛。

「喵～」

一隻有著水汪汪大眼睛的小小馥騎在他身上，吐著小舌頭把口水塗在他臉上。

這是怎麼回事？！加萊把身上這隻抱了下來，坐起身，發現身邊還趴著一隻。

他記得……家裡只有米飯啊？對了，米飯在哪裡？

這裡不是他的房間，他下了床，打開門，外面是一道長長的走廊，盡頭有一間房，是安麗爾替布林準備的娛樂房。

他走了過去。兩隻小小馥也邁著短腿、晃著尾巴，搖搖擺擺跟在他身後。

手搭在門上時，他似乎聽見了一聲叫聲從裡面傳出來。是米飯的聲音，可又和他印象中的不同，比平時更加甜膩。

他想也未想就打開了門。

寬敞整潔的房間，巨大的落地窗開著，白色窗簾被風吹得波濤般起伏不定，明亮溫暖的金色陽光從窗外大片大片的灑進來，透過薄薄的窗簾，在地上留下跳躍變幻的淺淡影子。

站在窗前的兩人，周身也鍍上了金色的陽光。

他們擁在一起，長長的尾巴也交纏在一起。

被擁在懷裡、髮長及腰的那個，忽然將臉轉向了他。

「主人？」

熟悉的聲音響起，那張臉赫然是米飯的。

加萊頓時渾身發涼，接下來猶如噩夢般，剛才被他忽略的兩隻小小馥，忽然吧嗒著小腳丫跑了過去，而且張口叫道：「媽媽！爸爸！」

米飯露出屬於母親的笑容，彎腰抱住他們。另一個面容一直背光而看不清楚的人，也彎下了腰。

加萊從而得以看到他的臉。

——竟然是布林！

加萊渾身一震，陷入一片黑暗。

他在這片黑暗中停留了片刻，體會著心臟被驚嚇而怦怦直跳的感覺。然後他聽到米飯用剛才做夢時叫他「主人」一樣的口吻喚他——

「加萊。」

「加萊，醒醒，我們快到了。」

他睜開眼睛，陽光頓時刺痛了他。他又閉了一會兒，瞇著眼看向面前模模糊糊的人影。

米飯的臉慢慢清晰起來。

「唔……」他含含糊糊的說，「我們要去哪裡？」

米飯皺著眉靠近他，仔細看他的臉色，「你是不是睡糊塗了？不是說好了回我家嘛？」

頓了一下，她笑著嘲笑他：「不然來地球做什麼？」

地球？米飯的家？

加萊想起來了，他陪著米飯來到了地球。太空船正好降落在沙漠裡，他們費了一天時間才從沙漠裡摸出來，然後到沙漠邊的三線小城市裡拿些貴重金屬換了錢。好在降落在米飯的祖國C國境內，雖然離她沿海的家有點遠，不過好歹不用跨境。只是兩人沒有身分證，路上費的時間多了點。

此時兩人正在客運上，窗外大片農田呼啦啦的掠過去，天藍藍的，大塊的雲朵如棉花一般飄在高空。空氣中的氣味、皮膚接觸到的觸感、眼球捕獲到的顏色，都那麼真實鮮明，讓他從方才的夢中脫離出來。

「米飯……」

「嗯？」

「叫我一聲主人。」

米飯的臉頓時漲紅，她憤憤的瞪了他一眼，說：「當初叫你主人是形勢所迫！但我現在是人，可不是你的寵物了。」

加萊略有些遺憾，不過也不再堅持。

剛才米飯說話的聲音有些大，同坐在長途客運中的其他人偷偷向兩人投去了好奇的視線，有幾個人還發出了猥瑣的笑聲。

她被看得渾身不舒服，忙替加萊壓了壓帽檐。

加萊無奈的低聲說：「妳不覺得坐在車上還戴著帽子和墨鏡，更引人注目嗎？」

她嚴肅道：「反正不會有人上來掀你的帽子。雖然也有外國人是白髮，不過我總覺得，就算和外國人比，你也不大像人類。」

加萊搖了搖頭，只好任她把他的帽檐壓得連墨鏡都快擋住了一半。

客運到站時，已經黃昏了。兩人出了客運站，在路邊攔了一輛計程車。

「去哪？」上車後，司機問他們。

家裡的地址她脫口而出，詳細到連門牌號都報出來了。加萊知道米飯這幾天在路上，可是一直在心裡惦記著這串地址。

「已經好久沒有回來了，家鄉發展得連我都快認不出來了。不過我記得客運站離我家沒有多遠，應該很快就到家了。」米飯忐忑的對他說。

時間一分一分像小兔子一下刺溜就過去了，米飯開始憂心忡忡，擔心萬一她的爸媽搬家了怎麼辦？進了社區，一下車，米飯就連他也不顧，直奔上那棟有些舊的公寓。

走道舊暗，亮著昏黃的小燈。

加萊跟在米飯後面，爬到三樓。在一戶貼著紅底金字的福字的門前，米飯停了下來，手抖抖的抬起來又放下，一分鐘過去了都沒敲響那扇近在咫尺的門。

加萊雙手抱臂看不下去了，上前啪啪拍了兩下。很快裡面傳來女人微弱的喊聲：「來了來了！」

米飯忽然握住了他的手，正當他為她難得的主動挑起了眉時，米飯顫巍巍的說：「加萊，我有點害怕……」

「怕什麼。」加萊說，鼓勵的拍了拍她的肩。

就在這時，門開了。

一見到媽媽熟悉的面容，眼淚就立即蓄滿眼眶，米飯淒淒哀哀的喊了聲媽，就往媽媽懷裡撲去。

米媽媽摟住她，百思不得其解的嘟囔道：「不就是出去旅遊了兩個星期，怎麼跟離家半世紀了一樣？哎，這位是誰？」

加萊摘下墨鏡，衝米媽媽微微一笑，「阿姨好，我是米飯的男朋友。」

米媽媽：「=□=」

進了屋，米爸爸聽見說話聲，圍著圍裙從廚房裡走出來，瞅見女兒正樂著，「哎喲，寶貝女兒玩了兩個星期還記得回家呀？」

米飯懵懵的：「啊？」

加萊也不懂他們為什麼說米飯是旅遊去了。在米飯爸爸媽媽的圍觀下坐了一會兒，喝了杯水，米飯就被她媽媽拉進房裡去了，留下他應對米爸爸犀利的目光。

「你聽得懂我說的話嗎？」米爸爸問。

加萊淡淡微笑，「您好，我叫加萊。」

米爸爸用挑剔的眼光看著他，「那你和我家米凡是什麼時候認識的？」

「……」他謹慎的選擇了聽起來比較中肯的回答：「我們認識兩個星期了。」

米爸爸張大嘴震驚道：「兩星期前米凡剛出門你們就碰見了？說！為什麼要跟我們米凡回家？才兩個星期就帶回來見父母嗎！」他無法接受的拍桌瞪視加萊。

「爸——」米飯一臉黑線的從房中出來，「加萊是外國人，我帶他來我們這兒玩的。」

加萊挑了下眉，和米飯對視。像是看透他心思一樣，米飯緊張的瞪了他一眼，用眼神威脅他不要亂說。

加萊衝她微微一笑，對米爸爸說：「其實——」

米飯在對面衝他做抹脖子的動作。

「其實——我對C國的文化很感興趣，所以可能要在您家住上一段時間。」

當然，時間長短就說不定了。加萊在心中默默想著。

米爸爸這才緩和了點對他的態度，點點頭勉強道：「那房租也是得交的……」

搞定。

加萊剛和米飯交換了一個放鬆的眼神，忽然又有人在外面敲響了門。

「今天怎麼這麼熱鬧。」米媽媽過去開門。

加萊微彎腰，為米爸爸倒了一杯水，然後聽見米媽媽在那邊驚訝道：「呀，小韓，你怎麼來了？」

「阿姨，我幫叔叔把筆記型電腦修好了。」

聽著聲音有些耳熟，加萊轉過頭朝門口看去。

正好米媽媽側身將那人讓進客廳裡，加萊便看見了他的臉。

「咦，米凡！」一進來，那人臉上就露出了大大的笑容，「妳什麼時候回來的？」

加萊不可置信的看著他，腦子一片空白，那個名字喃喃出口：「布林？！」

「呼！」

加萊猛地坐起身，睜開眼，在房中搜尋起布林的身影。視線梭巡了半圈，他才恍然反應過來，剛剛發生的一切都只是一個夢，或者說，是一個夢中夢……

第十八章 鎖鏈

That's not easy to be moe animal.

米凡手心中捏著項鍊的掛墜，眉頭皺著。布林左右轉頭看看，拉住米凡的衣襬。

此時兩人站在小鎮中心唯一的瞬移點前，天色有些晚了，周遭三三兩兩的人，比白日時少很多了，在冷暗的色調中顯得清寂不已。

米凡已經在瞬移點研究了好一會兒，還是不懂該怎麼辦。回到博索萊伊以後呢，如何找到加萊仍舊是個問題，何況加萊可能還沒有回來。即使是易迪寵物學校，她也不確定具體的位址。

嗯……到時候繼續靠導航吧？這麼想著，米凡點了點頭。

她琢磨著接下來的計畫，不知不覺已經站了挺長的時間。布林不由自主的動動尾巴，從他後面看，外套也跟著鼓起一個包扭來扭去的。不過他很快想起來米凡反覆說過不許他露出尾巴，忙停下。

「不行……還是問問吧。」米凡自言自語道。

自從意外拾到掛在脖子上的這條項鍊後，米凡就有了一個新習慣，總是沒事就自己嘀咕嘀咕幾句話，能再次說話的感覺超棒。

她回身看了看，就在她糾結的那點時間中，左右的行人都已經走光了。街上頓時空蕩蕩的，宛如一座空城一般。

好不容易前面有個人影走了過來，等他走到附近，米凡連忙迎了上去，帶著忐忑又緊張的心情說：「您、您好。」

「唔？」男人有些意外，低下頭看著攔在他面前的米凡。

「嗯……我想問問您去博索萊伊的話要怎麼操作？」她指了指瞬移點。

「妳是哪家的小孩？」男人卻問了一個不相干的問題。

「呃……」米凡噎了一下，轉了轉眼睛，小聲說：「您認識加萊嗎？」

「我怎麼知道他是誰？妳父母？」

怎麼開始盤問起她了？米凡心生疑慮，打起了退堂鼓。

不過那男人卻越過她走了兩步，說道：「那個小子也是妳的同夥……同伴？」

「啊？」

「過來，我教妳怎麼去博索萊伊……」

米凡猶猶豫豫跟他走了兩步，牽住布林朝她伸過來的手。

卻不想那男人忽然轉身，探手就朝兩隻抓了過來，「偷了我的衣服還敢到處跑，這下讓我抓到了吧！想逃到博索萊伊？想得美！」

米凡瞬間意識到糟了，好巧不巧她問的這個男人竟然是將他們從蔬菜基地救了出來、又被他們偷了個遍的那個人，他們披在身上的衣服讓他認了出來。

想明白這件事只費了一秒鐘，米凡連尖叫一聲都來不及，拉著布林轉身就跑！

「哪裡跑！」男人叫道。

兩隻比起他來身材上的劣勢一覽無遺，男人大步一跨，輕而易舉抓住了布林的兜帽。布林還在跟著米凡往前跑，被抓住的同時，帽子從頭上被拉了下來。

一對毛茸茸的耳朵埋在凌亂的頭髮中，即使天色昏暗，男人也看了個清楚。

別看他現在屈居在這個偏僻的地方，他年輕的時候也是在圖盧卡首府混過的，見識過不少，這個男孩他剛才特地看了兩眼，雖然感覺哪裡有點不大對，可仍舊當他和米凡一樣是不學好的小混混，所以沒有多想，可是一看到他頭頂的這對耳朵，男人腦中立刻閃過一道光。

這是……小馥的特徵！

小馥啊……他所處的階層並不能經常接觸那些貴族，但也是知道，小馥的價值不菲！

他的視線掃到米凡臉上，她因為布林被他抓住暴露身分而面露緊張，這讓他更加確定了自己的猜想。這小女孩不知是哪來的，又偷衣服又偷食物的，八成是出來流浪的，不知怎麼碰上了這隻小馥……

此時在男人眼中，面前的兩個並不是一隻小馥和一個女孩，而是一堆閃閃發光的寶石和一個可以任意揉捏的擺設。

這隻小馥是他的了！

＊＊＊　＊＊＊　＊＊＊

諾特丹，作為圖盧卡星球的首都，連高高的人工穹頂都造得仿似天空，不知用的什麼材料，盈藍柔和，仰起頭看，似乎那穹頂有萬里之高，遙不可及。到了晚上，它有應有的功能，模擬外面的天空，調節亮度，讓地下城市中的市民們意識到應是入睡的時間了。

但是對於生活在諾特丹的貴族們來說，夜晚才是一天中生活的真正開端，禮服、紅酒、音樂、舞會。

加萊長長的睫毛掩住銀色眸子中冷厭的神色，向端著高腳杯靠近他的捲髮女子微微傾下上身，行了一個禮，快步從她身側走過。

走過一個侍者邊時，他從托盤中順手拿過一杯酒，揚起頭，一口飲盡。

冰涼的液體滑過食道，不一會兒便燒得胃中發熱。加萊卻覺得頭腦更加清醒。

他厭煩這虛華的場合，女人淑雅端莊，男人紳士有禮，每個人的面具都是從小就長在臉上，和皮膚肌肉融到一起了的。

虛偽算什麼，他同樣得心應手。

加萊彎起嘴角，向旁邊面熟的男人點了點頭，客套兩句。

只是他對此沒有足夠的耐心。

加萊很快向那人告辭，換了杯盛滿酒的高腳杯，不再與人直視，不疾不徐的走向露臺。

露臺上沒有人，加萊靠著欄杆鬆下了肩膀。

這是父親舉辦的舞會，在他毫不留情面的徹底拒絕了他之後。

他熟知父親的本性，絕不會輕易的讓他隨心。但加萊已經受夠了他的控制，至少攤開了告訴他，不要再費力將他當作可以隨意指使的工具，他不會順從。

父親應該震怒的，事實上確實如他所料，但是第二天，父親卻通知他來參加舞會。

舞會，哼！

加萊輕哼一聲。作為主人，父親在開場十分鐘後就在美女的包圍中享受起來，貴族之女自然不會自降身價如此討好，那些美女是父親的老習慣，從平民中邀請來的。這些來參加舞會的女人自是樂意攀附富貴的，他便從容享受那些女人的殷勤。

加萊冷哼之後，微微瞇起了眼。父親的目的究竟是什麼？

他從半遮半掩的紗簾向內看去，父親在舞池邊，斯文有禮的向一個穿著露背長裙的少女伸出了手，邀請她同舞一曲。

那少女連條項鍊都沒戴，像是平民，看不見長相，身材倒是嬌小……

只是不及米飯，一隻胳膊就能滿滿的嵌進懷裡。

已經離開好幾天了，自來到諾特丹後就心情不好，加萊都快忘了抱著米飯的手感了，此時想起來，竟然很想抱抱她軟軟香香的身體。

恍然間，昨日的夢闖入腦中，他撇嘴一笑，這麼個怪異的夢倒是有意思，奇奇怪怪的，他怎麼能夢到那種不一樣的米飯呢？

加萊繼而想起，寵物學校那邊前幾日還天天將米飯的食譜、行程和照片等各種詳細資料傳給他，他因為在父親這裡，所以沒有細看，也沒有查看近兩天的。

於是加萊調出內置網路，打開了來自易迪寵物學校的郵件。

「克蘭克，你怎麼躲在這裡？快來，我們這邊有位新朋友正等著你吶！」

加萊轉過頭看了眼來人，收回了網路，微微笑著向他走了過去。

＊＊＊　＊＊＊　＊＊＊

米凡的心都揪成一團了，那男人的眼神一停留在布林的耳朵上，她心中就大叫糟糕；布林也嘶叫起來，在那男人發愣的一瞬間從他手中掙脫出來，喉嚨裡發出低沉的聲音威脅對方。

快跑呀！米凡驚得扯著布林調頭就跑。

可男人的體格哪是小馥的身體可以比的，而且他心中的盤算轉瞬即逝，米凡跑開的時候他反應極為迅速，立刻大步兩下就追上了他們，大手一抓，跟抓小雞似的揪住了兩隻的肩膀。

那個男人力道之大，米凡掙扎了兩下就知道沒辦法和他匹敵，當機立斷便使出了吃奶的勁尖叫起來：「救——命！殺人啦！」

此時她能夠說出圖盧卡的語言，僅憑她和布林的力量怕是不能逃出他的手掌，她大聲叫喊希望能引來其他人的注意，布林立刻也跟著米凡叫了起來。

「媽的……」男人忍不住罵了一句，揚起手掌連揮兩下。

後頸一陣痛，米凡眼前變成了一片黑色。

……怎、怎麼回事？

米凡頭脹痛著醒過來，睜開眼卻什麼都看不見，心中慌了一下，隨即想起遇到的那個男人。

是被他抓了吧？

「布林？」她小聲叫了聲。

「咪。」

一個冰冰涼的鼻頭碰到她探出來摸索的掌心中。米凡捧著他的臉摸了摸，鬆了口氣。功虧一簣啊，要是沒有正巧碰到被他們偷過的這個男人，說不定現在已經在博索萊伊了。不過，經歷過前幾日三餐不繼差點餓死的境況，米凡覺得只要生命沒有受到威脅就是最幸運的一件事了，即使被抓了起來也沒有關係，待機而動吧。

米凡摸了摸頭，不出意外的發現兜帽被拉了下來，她的身分肯定也被發現了，就是不知道他有沒有因為她會說話而感到很糾結呢？

再在脖子間摸一摸，項鍊還好好的戴著呢，米凡拉拉衣領，把項鍊遮住。

然後，米凡在這片黑漆漆的空間裡摸索了起來。

到底被關到哪裡了？她靜下心來注意四周，卻沒有一點聲音，摸了一圈摸到了地上一些亂七八糟的包裝袋，感覺像是個很小的儲物間。

如果被關到房間裡的話，多半是在他的住處。有逃出去的辦法嗎？

米凡繼續四處亂摸著，卻聽到布林抽鼻子的聲音。

「嗯？」她也跟著抽抽鼻子，聞到了一點甜味。

一道刺眼的白光忽然照進了空間裡，刺得米凡不得不閉上眼睛。瓷盤磕在地上的響聲，然後門又被關上了。

米凡忙撲上去，啪啪啪用拳頭砸著門喊道：「喂！你別走！」

那人站在門外不吭聲。她側耳聽了聽，呼吸聲還在，於是開口道：「你對我不好奇嗎？」

「……」

他沒離開，也沒吭聲，米凡便知道他心中疑慮。也許能利用這一點？

米凡的腦子狂轉，又怕男人離開，慌忙開口說：「其實你猜得沒有錯，我確實是一隻小馥。我的主人最喜歡我，就是因為我是最特殊的那一隻。其實你沒有必要這樣，我們和主人失散了，現在主人一定正在找我們，如果你能把我們帶到我的主人身邊的話，他一定會給你謝禮的。你既然知道我們的價值，就應該知道我們的主人是什麼樣的身分，想把我們賣掉的話不說有沒有人敢收，但肯定的是，你拿到的錢一定沒有我主人給的多。」

「其實我們很感謝你，要不是從你這兒拿了食物，我們一定會很慘。你也算是我們的恩人了，你帶我們找到主人後，我一定會請主人多謝謝你的。」

說完，米凡忐忑的等著他的回應。男人在門外面沉默了好一會兒，然後腳步聲遠去。

「喂喂，我是說真的呀！」米凡又拍了兩下門，噘噘嘴坐回地上。

米凡是真心的，她真心覺得這是個雙贏的辦法，如果他能幫他們找到加萊，那她就不會計較他把他們抓起來了。至於加萊會不會聽她的多給他一些獎勵，那就另說了……

布林歪著腦袋，男人走遠後，他湊到男人送過來的瓷碟前嗅了嗅，開始吃東西了。

布林吃得很慢，但米凡一意識到那兒放著食物時，食欲就立刻洶湧澎湃起來了。那人好像是真把她和布林當搖錢樹了，送來的食物量很足。

米凡早就知道這人生活拮据，他送來的食物量雖大，但卻是好多種食物摻在一起。許多都是米凡以前從來不會吃的，但現在她當然不會挑，而且大口大口很快將肚子填得撐撐的。

多吃點，誰知道接下來會遇到什麼？抱著這樣的考慮，米凡用亂七八糟的食物把胃填滿了。

布林吃飽了後，滿足的咪咪叫了兩聲，尾巴輕輕搖了搖，往米凡身邊湊過來。

「嗝。」米凡打了一個飽嗝，感覺她好像確實吃得有點多。

呃唔……有點不太舒服……

米凡苦著臉蛋捂著肚子揉了揉。布林很依戀的黏在米凡身上，喉嚨裡咕嚕咕嚕的聲音表示著他吃飽後愉快的心情。

「真是簡單的心情啊。」米凡一邊皺眉按著胃，一邊苦笑著說：「吃飽了就開心了。布林，你想不想你的安麗爾主人呀？」

「咪？」布林大概是聽懂了安麗爾的名字，有了反應。

「安麗爾肯定很想你的，不過我們不知道她是不是有察覺到我們已經不在了。」米凡摸摸布林的頭說，雖然布林聽不懂她在說什麼，但米凡還是願意多說幾句。

「已經過去好多天了吧……不知道加萊會不會著急。嗯……」米凡想像了下加萊得知她不在易迪後可能會有的表情，大概……會很生氣吧？米凡下意識縮了下脖子，又想了想，從易迪跑出來也不是她的錯，她幹嘛害怕？

不管加萊是什麼反應，但他一定會找她的。米凡倒是可以確定這一點，這樣想著，肚子的那點不適也不是那麼難以忍受了。

她的頭向布林的方向歪了歪，和他頭頂著頭。米凡感覺靈魂朝上空飛起，輕悠悠的著不了地。她恍惚著閉著眼，很快就沒有了意識。

***　***　***

此時，在諾特丹，加萊左手撐著腦袋，歪坐在一間安靜的房間中，正看著易迪寄來的郵件，列表裡前面幾條是他選擇寵物學校時易迪發來的，後面格式整齊的一列，是從他將米飯寄養在易迪的第二天開始寄來的。

後面幾條標示著未讀，加萊手指停在最後一條上，顯示的發送時間是昨天晚上。

他點開。長長一頁的報告，詳細的列著米飯從早到晚的活動事項。加萊草草掠過，這封信的照片很少，只有四張。

兩張是米飯在吃飯時拍下的。剩下的兩張，一張是她團成一團在粉色的墊子床上睡覺時拍下的，一張是米飯在屋外的草坪上，上半身攝入相片內，她的右手被後面的布林拉著，使得她側著身，正面對著鏡頭。她好像不知道拍攝的人在做什麼，臉上有些好奇，眼睛直視著鏡頭。

加萊注視著相片中米飯黑漆漆靈動的眼睛，她眼底還殘留著對拍攝人好奇的探究，相片清晰，每根細微的毛髮都能看清，像米飯就在他眼前一樣。他甚至能看見她瞳孔中的人影，但那人不是他。

「哥哥。」一面貌與加萊有三分相似的青年，眼眸似水，含著微笑，走進露臺。

加萊收回網路，淡淡的看向來人：「喬，我說過，離我遠點。」

第十九章 不負責任的寵物學校

That's not easy to be moe animal.

如果問加萊，在這個世界上最討厭的人，加萊第一個會想到學生時代，那個偷出他內褲賣給女生的蠢貨。第二個，就是他同父異母的弟弟喬。

現在，加萊就被一直閒晃在他眼前的喬惹得心緒難平。

他眯著眼危險的盯著對面含笑的青年，毫不客氣的說：「你擋著我的路了。」

「抱歉。」喬那張與加萊有幾分相似的面孔上掛著溫柔愉快的笑，嘴上說著抱歉，腳卻一點也沒有挪動的樣子。

「哥哥，父親為你安排的那位妻子人選就在樓下，你不應該讓女士久等的。」

加萊冷笑一聲，「那麼就麻煩你去招待那位小姐吧。」

這張臉，加萊不想多看哪怕一秒，他厭煩的垂下眼，撞開喬的肩膀，徑直走上樓梯。

喬仰臉看著加萊的背影，仍在笑著，「哥哥，父親是為你著想啊……」

真是個絕妙的想法，拿他來聯姻。加萊越氣，嘴角的弧度卻越來越大。

樓下的那位小姐，是克羅爾．韋伯妻族的二小姐，冠的是蒂莫西的姓。蒂莫西一族，在議會中向來和他們一派糾纏不清，若是他真和她結婚，勢必會捲入泥濘中脫不了身，到時單是為了平衡各方，就能耗費他所有心力。

父親還真當他不會做出什麼嗎？

他倒了杯酒，喝下一大口，閉上眼思索半晌。

看來父親還是需要有人敲打一下才能明白。

加萊調出通訊錄翻看著，卻又掃到易迪這個名字。

他皺了下眉，想起這幾天他們寄來的照片越來越少，影片也好幾天都沒有了，總覺得哪裡不大對勁，但他沒有深究，只是覺得他們的服務態度太不認真。

這時，他卻好像抓到了不對勁的地方。

正要細想的時候，安麗爾傳來了通訊請求。一接通，她滿是擔憂的聲音便傳了過來。

「加萊，你是不是還沒回博索萊伊？」

「還沒有，妳……」加萊想了想，問道：「怎麼了？」

「我有點事纏身，最近離不開諾特丹，有點擔心布林。你沒發現嗎？最近那邊寄來的報告越來越敷衍了。」

她這麼說的時候，加萊已經將易迪寄來的郵件打開了。他一邊聽著安麗爾表達對布林的擔憂，一邊將郵件一封封的從後往前打開。

他並沒注意附帶的那些一長串的文字，而是仔細看著那些照片，十幾封相片看過去，加萊的臉已是烏雲密布。

所有的相片中，米飯都穿著他離開時的那件裙子，有時出現在背景中的布林，也一直是相同的衣服。他現在也能清楚的回憶起那天安麗爾反覆叮囑蘇珊按時為布林換衣的話。

他眼神沉下，又往後翻了幾封，不禁冷笑。

那些戶外的照片角度不同，卻連著三天出現了同一個穿著蓬蓬裙、抱著隻長觸角甲蟲的女孩。

若是說他們不負責任，沒有盡心照顧米凡兩個，所以連衣服都沒幫他們換也就算了，那女孩卻不可能連著三天穿著同一件衣服，還以相同的姿勢出現在同一個地點。

所以，這些相片都是同一天拍下的。

「喂，你還在嗎？」

加萊猛然回神，淡淡應道：「我在聽。」

安麗爾嘆了口氣，說道：「早知道就不要把布林留在那裡了，諾特丹有專門的寄宿學校，還更高級些。如果寄養在諾特丹，我還能抽空去看看他。」

「確實……我們做了一個錯誤的選擇。」加萊說。

＊＊＊　＊＊＊　＊＊＊

好像生病了。

米凡躺在冰涼的地上，縮成一團。

儲物間裡一絲光亮也沒有，因而也無從判定時間流逝了多久。

其實這是很折磨人的事情，那男人不知道在做什麼，或許還在她提出的建議中糾結，猶豫怎麼將她出手才能得到最大的利益。

米凡渾身都不舒服，昏昏沉沉的，腦子也迷糊。等布林開始吃東西時，她才意識到那男人又來過一次送東西了。

米凡可沒想著自己獨撐著，既然已經被抓起來當作未出售的商品了，她盡可以提出要求讓那男人來滿足她。

撐到下一次送食物時，米凡坐在門前，從外面照進來的光讓她的臉色顯得格外蒼白。

「我需要醫生。」米凡以為自己在大聲說話，其實不盡然，她此時發出的聲音不比蚊子哼哼大多少，「我病了。」

男人站在門外，狐疑的打量著米凡。米凡連翻白眼的力氣都沒有了，搖搖晃晃的站起來，抬起臉，讓他更清楚看清她臉龐和嘴唇上那不健康的蒼白。

「懷疑的話，找醫生來看看就知道了啊！如果我病懨懨的話，我的主人可不會給你個好價錢了。」米凡說。

男人不怎麼高興的哼了一聲，「等著吧。」

聽起來……是答應了？

事實確實和米凡猜的一樣，這兩天男人一直在考慮該怎麼選擇。

直接將這兩隻賣到黑市中，還是聽那隻會說話的小馥的建議，從他們的主人那裡得到賞金？

說實在的，兩種方法都有很大的危險性。畢竟不是正規管道捕獲這兩隻小馥，那群黑市的人勢必會欺負他不敢聲張而大肆壓價，他也不能說什麼。他前半輩子一直老實混日子，沒有什麼機會讓他幹些灰色地帶甚至違法的事情，實在沒有經驗啊！

而另一種辦法，要冒的風險就更大了。那群貴族基本凌駕於圖盧卡的社會規則之上，他將兩隻小馥送回去，能不能得到報酬，能得到多少，都是未知數，全靠他遇到的這個貴族平素是什麼作風來決定。如果按那隻雌性小馥的承諾，她請她的主人多給他一點，那倒還可以考慮，但是她真的會這麼做嗎？真的不會直接告他綁架了她？

這兩種選擇，男人已經反覆衡量琢磨了兩天，各種利弊權衡了個遍，心中的天平已經有所傾斜了。不過，在行動之前，他還是得找醫生幫忙看看那隻小馥是不是真生病了，不然價錢怕是會被壓得更低。

可是他怎麼敢隨便找一位醫生，主動暴露呢？

嘖，真是麻煩！男人心煩意亂的想。

「布林？」

男人離開後，米凡靠著牆坐了下來，而布林也跟著蹭了上來。

流浪的這段時間，一直都是她帶著布林相依為命，布林對她也是明顯更加親密了，黏著她的程度簡直到了無時無刻都要黏在她身邊。

雖然身體不舒服，但米凡仍然不會拒絕布林的靠近。太冷清了，她很慶幸有布林陪在身邊。

「咪──」

布林低低的叫著，在米凡的臉上嗅了嗅。

被關了兩、三天，眼睛早已適應了黑暗，這時米凡看到布林素來很少有表情的臉上，鼻子微微皺了皺，流露出了好像是……難過的表情？

「怎、怎麼啦？」米凡震驚完也跟著擔心起來，能讓布林難過的事情一定很大吧！

「病……痛。」

腦子裡好像響起這樣小小的聲音，然後布林就湊過來，在米凡臉上舔了起來。

溼漉漉的舌頭搭在臉上的時候，米凡整個人都呆掉了。

哎呀呀，什麼情況？！

她腦子頓時當機，布林卻執著的繼續舔舔舔，認真又溫柔。

是、是察覺她生病了，認為這樣的辦法能幫她嗎？幫她把病痛舔掉？

＊＊＊　＊＊＊　＊＊＊

「所以說，因為你們的失誤，導致米凡被一隻發情的猛獸追趕而跑丟，你們擔心擔負責任，所以一直隱瞞，拿頭幾天的相片和影片截圖來矇騙我，是嗎？」

易迪寵物學校，蘇珊臉色發白的坐在她的辦公桌後。加萊雙手按在桌子上，溫柔的一字一句、心平氣和的說出來。

蘇珊雙手發抖，「不、請您聽我解釋！都怪那隻鯨哥的主人，他為了讓我們接管牠，隱瞞了牠的狀況。兩隻小馥丟了之後我們也一直在派人尋找的，為了避免您擔心，所以我們才一直沒有通報您。」

在加萊一聲輕淡的笑聲中，蘇珊的臉更白了。

「對、對不起，我們幾個工作人員一個接一個排查了好幾個區，昨天已經確定了大概位置。您要是不來的話，我們今天也會派人過去的。」

「不用了。」加萊收起臉上的表情，淡淡的看了蘇珊一眼，「我認為以你們的能力和態度，並不適合繼續經營寵物學校。」

「等等！加萊先生請等一下！」眼看著加萊邁出門外，蘇珊喘了口氣後急忙追上去，「我們確實應該為我們的失誤接受懲罰，但您離開前，請讓我把我們的排查結果交給您。」

加萊微微挑起眉梢，看著蘇珊的目光有了一點變化。

蘇珊終於在最後時刻做對了一件事。加萊在路上收到了蘇珊整理出來的排查結果，拉下長長的追蹤推理過程，直接看了一眼最終結論，然後他連通了安麗爾。

「有消息了嗎？」安麗爾焦急的問道。

「嗯，布林應該和米飯在一起，大概位置已經確定，我會把他們帶回來的。」

安麗爾心中急躁，她實在不知道布林無人照顧，這段時間都遭遇了什麼。她想來幫一份忙，卻被加萊拒絕了。

「我來就夠了，安心，不會費太長時間的。」

接著，加萊轉頭叫出了伊凡夫，「有件事，幫個忙。」

「你先別說，我來猜猜～嗯～是不是你家小米飯找到了呀？」伊凡夫興致勃勃猜測起來，而且一猜即中。

加萊看了他一眼。

伊凡夫笑著說：「不過，還用得著我出馬嗎？你一個人就夠了嘛，不需要這麼小心翼翼的吧？」

「小心為上。」加萊淡淡的說。

「好吧。」伊凡夫聳了聳肩，「你說吧，要怎麼做？」

＊＊＊　＊＊＊　＊＊＊

有……聲音……

米凡動了動眼珠，睜開眼睛又聽了聽，確定不是幻覺，真的是有兩個人在走過來。

「呵呵，是嗎？不過我沒有替小馥治療的經驗，能不能治得好也沒有把握呀。」

這是一個陌生的聲音，聽他說話的內容，應當是那男人請來的醫生了。

「沒關係、沒關係！」那個男人忙說道：「您盡力就好，不管治不治得好，給您的報酬都不會少的。」

「就是這兒了，瑞思醫生。」

瑞思揣著口袋，興致極高的注視著推開的那扇小門。

門內的空間很小，瑞思一眼就看到了坐在裡面的兩隻生物。

原來，這就是小馥？

他邁步走進去，就聞到了一股若有若無的淡香，讓人精神猛然鬆弛下來。那兩隻瘦瘦小小的小馥緊緊挨著，像是還沒離開母獸的幼獸一般。

難道真是幼獸？那可就更難醫治了，幼獸比成年了的小馥要更嬌弱些。

瑞思上下打量著。領他來的男人朝米凡指了下，說：「就是這隻，您看看她哪裡病了。」

哦？瑞思和這隻雌性小馥對上了眼睛。

米凡緊緊閉著嘴，一聲不吭。雖然明知需要治療，請醫生也是她主動要求的，可當醫生服出現在眼前，鼻端又聞到醫生身上獨有的氣味時，米凡的恐醫症又犯了。

她往布林身邊縮了縮，在瑞思眼中，更加深了小馥膽怯羞澀的印象。

他在米凡跟前蹲下身，捏住了米凡的下巴，迫使她張開嘴，看了看她的口腔和舌頭，又掰著她的頭左右看了看。

米凡被他擺弄著，緊張得身子都僵了。太、太近了，消毒水和藥水混雜起來的味道都太濃了！救命她要窒息了——

米凡頭昏腦脹的，也不知被瑞思擺弄了多久，後來瑞思的臉色越來越沉重，看得男人憂心忡忡。他問道：「怎麼，很嚴重啊？」

「情況不是很好，她整個生命系統都有衰弱的跡象。」瑞思搖了搖頭，「想恢復需要很長時間的調理。」

一轉眼，瑞思看到了擺在地上的盤子，上面還有沒吃完的食物，他定睛看了兩眼，連連搖頭說道：「都什麼亂七八糟的，你就讓小馥吃這種垃圾嗎？」

「垃圾？」男人怔住了，「是嗎？我、我平常就吃這些啊。」

瑞思斜睨了他一眼，「小馥不一樣的。」

「那……現在怎麼辦？」男人問道：「短時間內真的沒法治好嗎？」

瑞思想了一會兒，回答說：「短時間內只能用藥物將她表面上的症狀消除，真正的病根還需要慢慢調理才能除去。」

「嗯，這樣的話……」男人思索了一下，吐了口氣說：「這樣也好，只要看起來能過關，賣的時候不會太影響價錢就行了。」

米凡眉角動了下。有點糟了，看來他真的不打算把她送回加萊身邊了。

米凡的心一沉，就在這時，肌膚上忽然刺痛了一下，米凡垂眼一看，頓時覺得頭有點暈暈。

……被，扎了，一針。

男人嚇一跳，擔憂不已的問：「她怎麼暈了？」

瑞思感嘆著小馥的脆弱，說：「應該是太虛了……」

他把暈倒的米凡放到地上，正想囑咐男人好歹給他們兩隻墊子，身邊卻傳來了呼呼的聲音。瑞思轉頭一看，卻是那隻一直很安靜的雄性小馥嗅了嗅米凡，然後四肢著地，衝瑞思做出了攻擊的姿態。

瑞思舉起雙手，嘀咕道：「我沒怎麼弄她，你凶什麼……」

兩人急忙退出門，瑞思看了眼男人，裝作漫不經心的問起來：「你找到買家了沒？」

「我……」男人猶豫的開口，話還未說完，屋外忽然傳來了一聲尖利的長嘯。

瑞思嘴角一繃，疑慮的說：「是城防軍的警鳴聲，他們怎麼會到這裡來？」

他忽地一頓，和男人同樣震驚的眼光對上。

他們的目標……不會是他們倆吧！？

這時，門忽然「碰！」的一聲撞在牆上，然後吱呀了兩聲，倒在地上。

「不要動，請配合我們的檢查！」

十多個穿著黑色制服的城防軍魚貫而入，嘴上說著請，卻毫不客氣的將男人和瑞思都抓了起來。

瑞思一慌，還沒說什麼，男人就叫了起來：「你們憑什麼闖進守法平民的居所！」

領頭的瘦高男人，乏而無味的勾了勾嘴角，「是不是平民還待商榷，沒有乖乖守法的話可要被貶為賤民的。」

「長官！我什麼都不知道啊！是這個男人叫我來替他看病的，我不認識這個人！」瑞思大叫道。

「是嗎？是不是那要審訊完才能確定。」說著，他一揮手，讓手下將兩個男人制住，旁若無人的走進了那間寒酸狹小的儲物間。

將覆在嬌小生物臉上的黑色長髮撥開，摸了摸她頗為可愛的耳朵，確定了她的身分，他將她拎起來，扛在了肩膀上。

「找到了，你們帶著這兩個賤民回去，剩下的人把這裡全部搜查一遍！」

「呼、呼！」

見米凡被人抓了起來，布林尾巴上的毛都炸開了，撲上去就要咬上長官的手，卻被他輕而易舉掐住了脖子，甩給了跟隨在他身邊的部下，「帶著他，跟我走。」

第二十章　主寵重逢

That's not easy to be moe animal.

面容青澀的銀髮少年靠在桌子上，筆直的雙腿交叉。

「我手下的人你放心，烏爾里辦事是最牢靠的。」

加萊不慌不忙的看著手頭上的幾封信件，沒有看向伊凡夫，「知道，我信你。」

伊凡夫長長的嘆了聲氣，「你沒看烏爾里那時候的眼神，我還是第一次為了隻動物的事派他去出任務。要是讓其他人知道，又該說我們倚仗權勢任意妄為了。」

「難道不是嗎？」加萊垂著眼，淡淡反問道。

「嘿！」伊凡夫笑出聲，「我明明是為了幫你！平日我可是最遵紀守法不過了。」

加萊抿了抿嘴，看了看時間。

注意到他這一個動作的伊凡夫無奈的說道：「急什麼，路上總要費點時間吧——嗯？」

伊凡夫側了側頭，接到了一個消息。

「行了，烏爾里說馬上就到。」他撥了撥頭髮，瞅著加萊若有所思的說：「我說，我知道你喜歡米飯，可也太上心了吧？以前我養過那麼多寵物，怎麼就沒見你對哪隻感興趣過。」

「我為什麼要對你的寵物感興趣？反正牠們不過半年就會被你折騰死了。」加萊淡淡的毒舌了一句。

伊凡夫瞪了他一眼，「再說我！我就把你的米飯搶回去養！」

加萊搖搖頭，「你要這麼說的話，我還真怕了。」

要是真讓他帶回家，他還真的擔心米飯也喪命在這個寵物殺手的手上。

也不知……加萊頓了頓，也不知米飯這些日子有沒有受虐待。要是一會兒見到她，她認不出他了怎麼辦？

烏爾里很快就來報到了，他走進來的時候，加萊的視線幾乎是立刻停在他的肩上。

怎麼能這麼扛著她，她會很不舒服的！

這是加萊的第一想法，接下來心中便生出了不祥的憂慮。他站起來看著烏爾里說：「她怎麼了？」

烏爾里抱著米凡的雙腿拉下來，把她放在桌上，「也許是睡著了，一路都沒醒過來。」

伊凡夫走上前，拍了拍烏爾里的肩膀，「辛苦你了，回去你的請假單就能批過了。」

烏爾里側過臉，嘴角一抽。又是這樣，仗著他的職位比他高，一想讓他做什麼就拿他的獎金、假期來威脅。

「不過——」伊凡夫忽然話頭一轉：「你還是沒把事辦好啊，她看起來可不大好。」

烏爾里跟著伊凡夫一起將視線轉到了趴在桌子上的那隻小馥身上。

寬大的桌上，米凡蜷曲的趴著，小腿伸出桌外，便只占了桌子的一小部分。及腰的長髮在烏爾里倒扛著她的時候就弄亂了，此時躺下，頭髮就遮得一張小臉只露出了一半，蒼白的嘴唇上黏著一縷髮絲，若不是呼吸吹得這縷髮絲微微拂動，加萊簡直要以為她是個沒有生氣的假娃娃。

他皺起眉，將頭髮撥開，露出完整的一張臉。

竟然憔悴成了這樣……他的心跟著一沉。

臉上都瘦得沒有肉了，眼底下有淡淡的青影，手指從她臉頰輕輕拂過，再也感覺不到溫軟的觸感，取而代之的是雙頰微微的凹下。

究竟發生了什麼？他垂下眼睛，嘴角跟著繃緊。

「怎麼瘦成這樣了？」伊凡夫感嘆了一句，轉頭問烏爾里：「你找到她的時候，情況是什麼樣？」

「是兩個平民。」烏爾里微帶鄙夷的口氣說著，「把他們關在一間身都轉不開的儲物間裡，我看抓了他們的那人連飯都快吃不起了，估計是他們跑到外面的時候被那些人抓了起來，想賣掉。我已經讓人把他們抓回去審問了，一天後才能把審訊記錄整理好交給你。」

加萊抱起米飯，她身上那種清淡的香味已經聞不見了，變成了衣服上散發的一股霉味。

他頓了一下，盡量讓自己忽視。然而，她仍穿著他離開時的那件裙子，上面已經黏滿了灰塵。加萊忍耐的將她放在他剛才的座位上，對伊凡夫說：「先回去。」

＊＊＊　＊＊＊　＊＊＊

回到博索萊伊，加萊將米飯帶回家，喚了她幾次，都沒能叫醒她。摸了摸她的額頭，體溫似乎異常的低……遠遠比他想像的要糟糕。

加萊的心被米飯昏迷不醒的樣子揪了一下。

伊凡夫在飛船上就已經幫他聯繫到了醫生，大概一個時刻後就能到。加萊抱著米飯，不知要將她放在哪裡。

他養了她這麼長時間，從他幫她到她自己洗澡，她從來都保持著和他一樣的清潔。

想了想，他將米飯往浴室抱去，但還未走到，便接到了來自安麗爾的通訊請求。

十分鐘後，安麗爾匆匆來到了加萊家中。

「布林呢？他在哪兒？」一進門安麗爾就著急問道，在屋裡找著布林的影子。

加萊怔了下，米飯被帶回來後，他全部的注意力都放在米飯身上了，布林竟然被他忘得一乾二淨了。但他的心思當然不會讓安麗爾察覺，他說道：「我讓烏爾里把布林帶走檢查了，他和米飯的狀態都不是很好。既然妳已經過來了，那我讓烏爾里把布林送來吧。」

安麗爾臉上的表情並沒有放鬆，她側頭看著一臉病色的米飯，更加憂心，問道：「米飯病了？布林也是一樣嗎？」

加萊哪還記得布林情況如何，他順著安麗爾的情緒說道：「他們一直在一起，情況都差不多。」

聞言，安麗爾一臉憂心。

接下來，安麗爾說加萊不夠細心，認為他可能照顧不好還在病中的米飯，於是代替他幫米飯簡單的清洗一下，換了一身乾淨的衣服。

幫她弄乾頭髮後，安麗爾叫加萊過來，把米飯抱到了床上。

一觸到床面，彷彿身體自動識別出了這就是家中的床鋪，米凡的眉頭舒展開來，在鬆軟的枕頭上蹭了蹭，意識中無邊無際的黑暗彷彿變得溫柔舒適，於是她在黑暗中陷得愈加的深。

加萊彎腰，手指在她的臉頰上輕輕碰了碰。

安麗爾從浴室中抱出米飯換下的髒裙子，對加萊說：「這個是你給米飯的嗎？」

加萊回身看向她的手，安麗爾的指尖捏著一條項鍊，上面掛著廉價的紅寶石掛墜。

他面無表情的接過，拿在手中看著。

安麗爾放回毛巾，看了看時間，「差不多了，我先回去了，布林應該送回家裡了。」

加萊點了點頭。

安麗爾走後，加萊一臉不耐的將手中的項鍊扔下地。

這種低劣的東西，也配戴在米飯身上！

八成是抓住了米飯的那個男人，將米飯像玩物一樣的玩弄，讓她戴上了這條劣質的項鍊。

那紅色的掛墜掉在地上，顏色扎眼，加萊索性又撿起來，扔到桌子上。等出門的時候把它帶出去，遠遠的扔掉。

他做完這些事後，醫生就如約上門。

穿著醫生服的男人提著醫藥箱，冷冰冰的出現在加萊面前時，加萊看了他兩眼，便認出他就是曾幫米飯打過預防針的醫生。

這位醫生很不喜歡囉嗦，簡單的向加萊打了聲招呼，便徑直去探查米飯的情況。

加萊等在旁邊，臉上表情一如往常，平靜淡定，實則心中卻有揮不去的不祥之感。

「我想我跟你說過，小馥是種很嬌氣的動物。」醫生拿下聽診器，冷冷的說。

加萊沒料到他還記得為米飯看診過，怔了一下。

「你這段時間是怎麼餵她的？先是長時間沒有進食，然後又暴飲暴食，食用了太多無法消化的食物，導致嚴重的營養不足和腸胃功能紊亂。她現在身體極度虛弱，已經陷入了昏迷。」

「你可以再晚些找我，這樣我也省得費力氣為她治療了。」

意識從無盡的黑暗中掙脫出來後，米凡半睜著眼睛，茫然的望著眼前的一片白光，腦中很久都是一片空白。然後身體的感覺漸漸回來，先是身體上輕軟的絨被，然後手掌平放而觸到的滑柔布料，接著是空氣中說不出的熟悉而安心的氣味。

她眨了眨眼，仍想不到之前發生了什麼，而這裡是——加萊家中？

布林呢？抓了他們的男人呢？都是一場漫長的夢嗎？

不……

她疲憊的閉上眼睛，不對，那些都是確實發生過的，不是夢。可她是怎麼回來的？為什麼她一點也想不起來了？

這時，臉上忽然傳來溫熱溼潤的感覺，擦過她的額頭和眉毛。

再次睜開眼，米凡看見了那張好久未見的面容。略顯冷淡的面容沒有變化分毫，而她總覺得看起來太冰涼的那雙銀灰色眸子，此時閃過了一絲詫異。

接著，她便看到他放下幫她拭臉的溼毛巾，輕聲喚了聲她的名字：「米飯。」

依舊不太標準的語調，讓她恍惚了一下，未經過大腦，她情不自禁的喃喃說：「加萊？」

「咪……」

柔弱的一聲輕叫讓加萊鬆展了眉眼，兩天過去了，她終於醒過來了。醫生說她醒來就要立刻通知他，加萊摸了摸米飯的額頭，走到一邊通知醫生。

而米凡又發出了一聲微弱的叫聲，艱難的抬起無力的手放在脖間。

有什麼……不見了……

破碎的記憶完全組建起來，她終於回想起缺少的那件東西是什麼了！項鍊呢？

她在枕頭上歪頭，看向正在通話中的加萊，隨著記憶的復甦，許多疑問也跟著湧上了心頭。她是怎麼回來的？

這時加萊結束了通話，走了過來。米飯一眼不眨的盯著他。

看到陷在床上小小一隻正認真看他的眼神，加萊心一揪。離開這麼多天，不會已經忘了他才是她的主人吧？

加萊又叫了她一聲，坐在床邊側身看著她，右手蓋著她的臉頰。昏迷了兩天，他只能餵她一些流質食物，加萊覺得她又瘦了一些。

溫暖的大手碰著她的臉，幾乎能罩住她的整張臉，加萊身上獨有的氣息和體溫籠罩著她，令她覺得十分安心，好像回到他身邊，就再也沒有需要擔心的事情了。

於是米凡微微側頭，睫毛掃過他的手心。

米飯將臉埋在了他的手中，顫動的睫毛輕輕掃過掌心，就像蝴蝶的翅膀搧動著。加萊一怔，手指動了動，食指拂過她的嘴脣。

這樣親暱的動作讓加萊安了心，看來米飯還是認得他的。只是，加萊又摸了摸她的嘴脣，不僅發乾，還脫了皮。

他起身，倒了杯水，將米飯扶起靠在他懷中。

米凡仍舊提不起力氣，被加萊扶著坐起來這個簡單的動作也使得她微微氣喘起來。

加萊將杯口抵在她的嘴邊，米凡喝了幾口，因為他手抬得太高，導致水從脣邊流到了脖子上。加萊拿著帕子仔細幫她擦拭，帕子探入衣領時，米凡閉上眼縮了縮脖子，覺得有些不好意思。

躺回床上，她就像打了一場大仗似的連根手指也不想抬起來了，心中還有事，但未及細思，就又陷入了昏沉中。

加萊放回杯子，回來一看，米飯卻又閉上了眼睛。他站在床邊看著她的睡顏，這幾天，是他這輩子第一次如此細心的照料誰，如果被伊凡夫知道，大概又會說他簡直不認識他了。

說來真的奇怪，他一向認為自己最不怕的就是孤單，這麼些年，他寧願一個人生活。然而，偶然閃過的念頭讓他將米飯帶回家，然後竟不知不覺間讓她成為了他生活中不可缺少的一部分。

喝的那點水像是甘露滋潤了五臟六腑，米凡逐漸覺得舒服了許多。半夢半醒間，胸前忽然貼上了什麼冰涼涼的東西，涼得她猛地睜開了眼。

無框眼鏡、醫生服、鋒利的眼神。

她頓時想起了糟糕的往事——這個醫生真是她不長的生命中遇過的最可怕的人！就醫恐懼症又爆發啦！

醫生收起聽診器，又換了一個小型的儀器貼在米凡的前額上，儀器上紅色的數字一閃一閃的變動著，最終穩定了下來。

米凡努力不讓自己表現得太害怕，不過醫生的手碰到她的時候，她還是渾身一麻，雞皮疙瘩不受控制的冒了出來。她提心吊膽盯著醫生的一舉一動，好在他沒有做什麼，替她做了全身檢查後，他將各個儀器收了起來。

摘下眼鏡，他語調冰涼的對加萊說：「已經沒有危險了，但身體還是虛弱，如果你不想她以後留下後遺症的話，這段時間你必須按照我開給你的單子替她安排飲食。」

整理完畢，他連半句多餘的話都沒說，直接離開了。

送走醫生，加萊目光轉到床上。

醫生替她檢查的時候，她就一副膽怯的樣子，現在醫生都走了，她雙手還抓著被單提防的看著醫生消失的方向。

他忍不住悄悄翹了下嘴角。

「就這麼怕看病嗎？」走過去，他含著笑意說道。

是啊怕死了！米凡點點頭，還沉浸在冰山醫生的餘威中。

「醫生留了藥，想現在吃嗎？」隔了一會兒，加萊又問道。

……肚子有點空空的，米凡還認真的想著，還是吃了東西後再吃藥比較好吧。

這麼想著，她又搖了搖頭，說：「不用了。」

出口一聲咪，米凡怔住了。

已經習慣了可以說話，她也重新適應了人的身分，剛才漫不經心的，竟然和加萊對話起來了嗎？

雖說沒有說出話來——

米凡回過神來，但是臉還是朝著另一邊。

大概……加萊還沒察覺到異常吧？

她緩緩的把頭轉過來，小心翼翼的瞅了加萊一眼，然後便撞到了他複雜不明的目光。

她呆呆的和他對視良久，加萊逐漸收回了眼中的驚異。

「米飯。」他喚道，「吃飯吧？」

莫名的，她鬆了口氣。

加萊把飯菜和托盤一起放在床上，碗中還放著一根湯匙。米凡想都沒想就拿起湯匙，吃了一口。

一定是卡魯艾的手藝！米凡差點都熱淚盈眶了。

沉浸在美食中，她沒注意到加萊默默凝視她，變得有些複雜的表情。

食物的量不多，但是香軟可口，吃下去後胃都服貼了。這麼多天了，這是米凡第一頓像樣的飯菜。吃完後，幸福感充盈了全部心胸，然後加萊還遞了水杯過來，她喝了水潤潤嗓子，十分滿足！

舒適的溫暖感包裹住了內臟，瞌睡勁上來，眼皮打了一會兒架，她終於閉上眼，一秒鐘就沒了意識。

一天都這麼睡睡醒醒的過去，吃飽喝足睡夠，之前大傷的元氣恢復了一點，米凡覺得手腳有了點力氣，加之在床上躺了兩、三天了，她便試著從床上下來。

加萊剛好從外面回來，手中拎著一個大袋子，看見米飯下了地倒不吃驚，反而略感欣慰，上前摸摸她的頭頂，結果手底下油膩膩的，加萊渾身一僵。

帶她回家後，安麗爾因為怕她碰水會加重病情，所以只是用毛巾沾著熱水幫她擦了擦，沒有替她洗頭，然後米飯又在床上躺了兩天沒動，於是頭髮早該洗了。

加萊忍了忍，還是沒忍住，對米飯說：「洗澡去吧。」他輕輕推著米飯的背，將她推到浴室前。

其實她自己洗澡很長時間了，一開始是加萊覺得替她洗澡太麻煩，另一方面，她努力用行動證明她是可以自己洗的。見了好幾次她替自己搓搓後，加萊便將這當作了小馥的種族技能。

就像有的小貓會用馬桶上廁所一樣。

米凡聽懂了加萊的話，又被他推到了浴室前，沒怎麼猶豫，就順從的自個兒進去了。

本來還有點擔心的，但還好加萊沒有進來的意思。隔牆緩緩上升，水忽地噴下來的時候，她連衣服都還沒有脫掉。

都不記得有多久沒好好洗澡了，溫水嘩啦啦噴到身上，米凡仰著臉享受了好一會兒。

還是加萊身邊條件好。

如果能說話，就可以詢問一下加萊，他是怎麼找到她的。

布林應該也回到安麗爾身邊了吧？不確定一下總有些不放心，畢竟這段時間以來只有布林陪在她身邊，和他的感情已經與以前不大一樣了。

要是那條神奇的項鍊還在就好了。

水流拍打在臉上，她設想了一下自己對加萊開口說話的場景，不禁沉默了……

總覺得不大對。

等等，自己不是還想接著做加萊的乖乖寵物才不願說話的吧？

被自己的這個想法嚇到了，米凡急忙甩了甩頭，把水珠濺得四處都是。

不是不是，才不是這樣！

她定了定神，仔細分析了一下自己的心理。

這具身體不屬於人，本來就不能說話，而加萊是一直將她看作動物的。如果她自己養的小狗忽然有一天開口說：「媽媽，快帶我出去玩。」她一定會大叫一聲然後破門而出吧？

所以就算不說話，寫字讓加萊看，他會是什麼反應，她也真的猜不準。

再者，她也不能一直被當作寵物這麼過下去，恐怕時間久了，自己也當自己是隻寵物了。

總要賭一賭，和他接觸了這麼久，他還是很好的一個人，不是嗎？其實有很大的機率能得到他的認同……吧？

所以、所以綜合以上，就算項鍊找不到，她也要試著和加萊溝通。

想來想去，終於下定了決心，米凡才恍然驚覺自己在浴室裡待了太長的時間，又熱又溼滿滿一室的水蒸氣，搞得自己胸口發悶、腳發軟，頭也有些暈了，她急忙在牆上摸索一番將水關了，匆匆擦乾身子走出去。

出來後，米凡裹著浴巾，才發現沒有可換的衣服了。以前那幾件丟在了寵物學校裡，身上那件也被水打溼了。加萊顯然也忘了這回事，沒有幫她準備。她赤著腳尋找了一圈，連一件可以遮體的衣服都沒有。

猶豫了一下，想到她在加萊眼中也就是個長毛的類人猿，以前都被看光了，他也完全不當回事，那她也不用矯情太把自己當回事了。反正浴巾也夠大，她把浴巾在身上圍好，光著腳丫子吧嗒吧嗒走了出去。

怎麼洗了這麼久？等了又等，加萊有些不放心，正打算過去看看，便聽到了腳步聲。

一眼和溼答答的小寵物對上，加萊完全怔住了，從細長的脖子到光裸的肩頭，視線又在白色浴巾下伸出的細白雙腿上滑過，定在那雙白嫩小巧、還沾著水珠的小腳上。

一種怪異的感覺襲上心頭……

《萌獸不易做01純情飼養》完

敬請期待精采完結篇《萌獸不易做02》

novel by
龍雲意
illust by
IKU
噓！
愛情保密中
暗戀、告白、牽手，是最心動的浪漫；
然而，她暗戀的對象竟是所有少女崇拜的偶像天團主唱！？
只能藏在心中，
少女的秘・密・戀・曲！
即使是暗戀，也要元氣100%的勇往直前！（握拳）
典藏閣
華文聯合出版平台
www.book4u.com.tw
采舍國際
www.silkbook.com
不思議工作室
立即搜尋
版權所有© Copyright 2014

廢物少女饞食記
你聞起來好好吃♥
Novel✦陸山水 Illust✦MIKI
永遠吃不飽又狀況外的囧系少女
傲嬌彆扭霸道且負情商的大少爺
永遠想要推倒對方，卻總是被對方推倒！
當天然呆軟妹看上窮凶極惡的食物時……
本少爺即使是食物也是高貴的，不是任何人都可以吃得起的！
嗯嗯、那個~你……可以讓我吃一口嗎？
典藏閣
華文聯合出版平台 www.book4u.com.tw
采舍國際 www.silkbook.com
不思議工作室
立即搜尋
版權所有© Copyright 2014

飛小說系列106

萌獸不易做01

純情飼養

出版者■典藏閣
作　者■澤溪七君　繪　者■IKU
總編輯■歐綾纖　企劃主編■PanPan
製作團隊■不思議工作室
郵撥帳號■50017206 采舍國際有限公司（郵撥購買，請另付一成郵資）
台灣出版中心■新北市中和區中山路2段366巷10號10樓
電　話■(02) 2248-7896　傳　真■(02) 2248-7758
物流中心■新北市中和區中山路2段366巷10號3樓
電　話■(02) 8245-8786　傳　真■(02) 8245-8718
ISBN■978-986-271-500-0
出版日期■2019年1月七刷

全球華文國際市場總代理／采舍國際
地　址■新北市中和區中山路2段366巷10號3樓
電　話■(02) 8245-8786　傳　真■(02) 8245-8718

新絲路網路書店
地　址■新北市中和區中山路2段366巷10號10樓
網　址■www.silkbook.com
電　話■(02) 8245-9896
傳　真■(02) 8245-8819

☞**您在什麼地方購買本書？**☜

1. 便利商店（________市／縣）：□7-11　□全家　□萊爾富　□其他________

2. 網路書店：□新絲路　□博客來　□金石堂　□其他________

3. 書店（________市／縣）：□金石堂　□誠品　□安利美特animate　□其他________

姓名：________ 地址：________

聯絡電話：________　電子郵箱：________

您的性別：□男　□女　　您的生日：西元________年________月________日

（請務必填妥基本資料，以利贈品寄送）

您的職業：□上班族　□學生　□服務業　□軍警公教　□資訊業　□娛樂相關產業

□自由業　□其他________

您的學歷：□高中（含高中以下）　□專科、大學　□研究所以上

☞**購買前**☜

您從何處得知本書：□逛書店　□網路廣告（網站：________）　□親友介紹

（可複選）　□出版書訊　□銷售人員推薦　□其他________

本書吸引您的原因：□書名很好　□封面精美　□書腰文字　□封底文字　□欣賞作家

（可複選）　□喜歡畫家　□價格合理　□題材有趣　□廣告印象深刻

□其他________

☞**購買後**☜

您滿意的部份：□書名　□封面　□故事內容　□版面編排　□價格　□贈品

（可複選）　□其他

不滿意的部份：□書名　□封面　□故事內容　□版面編排　□價格　□贈品

（可複選）　□其他

您對本書以及典藏閣的建議________

____

____

✌未來您是否願意收到相關書訊？□是　□否

✍**感謝您寶貴的意見**✍

印刷品

請貼
3.5元
郵票

235 新北市中和區中山路二段366巷10號10樓
華文網出版集團　收
（典藏閣－不思議工作室）

萌獸不易做

novel by 瀑溪七君
illust by IKU

That's not easy to be moe animal.

1 純情飼養